DE LA MÊME AUTRICE

Aux Éditions Gallimard

LA FILLE DE L'ESPAGNOLE, 2020 (Folio n° 6957)

Du monde entier

KARINA SAINZ BORGO

LE TIERS PAYS

roman

Traduit de l'espagnol (Venezuela)
par Stéphanie Decante

nrf

GALLIMARD

Titre original :

EL TERCER PAÍS

Pour les miens, toujours.

« — As-tu déjà entendu la plainte d'un mort ?
— Non, doña Eduviges.
— Tant mieux pour toi. »

Juan RULFO, *Pedro Páramo*

« Quand vous êtes morts, moi, avec ces mains, je vous ai lavés, je vous ai fermé les yeux. »

SOPHOCLE, *Antigone*

« Dès qu'ils eurent goûté le lotos doux comme le miel, mes compagnons ne songèrent plus ni au retour ni à donner des nouvelles ; pleins d'oubli, ils voulaient rester avec les Lotophages et manger du lotos. »

HOMÈRE, *Odyssée*

Je suis arrivée à Mezquite à force de chercher Visitación Salazar, la femme qui a donné une sépulture à mes enfants et m'a appris à enterrer ceux des autres. J'avais marché jusqu'au bout du monde, ou plutôt là où j'avais pu croire un temps que le mien était parvenu à son terme. Je l'ai trouvée un matin de mai au pied d'une colonne de niches funéraires. Elle portait un legging rouge, des bottes de chantier et un foulard bariolé noué derrière la tête. Une couronne de guêpes tournoyait autour d'elle. Elle ressemblait à une Vierge noire qui aurait atterri dans une décharge.

Dans ce terrain vague calciné, Visitación Salazar était le seul être encore en vie. Sa bouche aux lèvres brunes cachait des dents blanches et carrées. C'était une belle femme noire, plantureuse et pulpeuse. De ses bras, épais à force d'enduire les tombes à la chaux, pendaient des pans de peau qui luisaient au soleil. Plus que de chair et d'os, elle semblait faite d'huile et de jais.

Le sable souillait la lumière et le vent perforait les oreilles ; un gémissement qui jaillissait des crevasses ouvertes sous nos pieds. Plus qu'une simple brise, c'était un avertissement, une *tolvanera* : un tourbillon de poussière dense et impénétrable, comme la folie ou la douleur. La fin du monde ressemblait à ça : un tas de cendres formé par les os que nous semions sur notre passage.

À l'entrée de Las Tolvaneras pendait une pancarte peinte à la brosse : LE TIERS PAYS, un cimetière de non-droit où se retrouvaient les morts que Visitación Salazar enterrait en échange d'une aumône, et parfois même pas. Presque tous ceux qui gisaient là étaient nés et morts à la même date. Sur leurs tombes misérables, des gribouillis étaient gravés dans le ciment frais : l'écriture accidentée de ceux qui ne reposeront jamais en paix.

Visitación ne s'est même pas retournée pour nous regarder. Elle était au téléphone. De la main gauche elle tenait l'appareil ; de l'autre, des fleurs en plastique qu'elle a enfoncées dans le mortier fraîchement mélangé.

— Oui, ma belle, je t'écoute.

— Angustias, tu es sûre que cette femme va nous recevoir ? a demandé Salveiro.

J'ai hoché la tête.

— Je t'écoute, ma petite mère ! a-t-elle continué, débonnaire. Mais puisque je te dis qu'on n'en trouve plus, des cercueils ! Ooooh ! Il n'y a plus de réseauuuuu ! a-t-elle poursuivi, tragi-comique.

— Cette bonne femme est un moulin à paroles…, a ronchonné Salveiro.

— Mais tais-toi, Salveiro !

— Dis à ce type qu'il attende un peu ! a crié la femme en s'adressant enfin à nous. Les morts savent être patients ! Ils ne sont pas pressés, eux !

Une nouvelle rafale de vent nous a brûlé la peau. La

terre de Mezquite ressemblait à une plaque en fonte jonchée de chardons et de larmes, un endroit où nul n'avait besoin de se mettre à genoux pour faire pénitence. Celle qui nous avait conduits jusque-là était largement suffisante.

Le Tiers Pays ressemblait à cela : une frontière à l'intérieur d'une autre où se rejoignaient la sierra orientale et la sierra occidentale, le bien et le mal, la légende et la réalité, les vivants et les morts.

L'épidémie et la pluie se sont abattues en même temps, comme les mauvais présages. Les criquets ont arrêté de chanter et une tumeur de poussière s'est formée dans le ciel, avant de se décharger en gouttes d'eau marron. À la différence des maux que nous avions déjà subis, celui-ci a pulvérisé nos souvenirs et nos désirs.

Le virus attaquait la mémoire, semait en elle la confusion, avant de la grignoter. Il se propageait à toute vitesse et plus le malade était âgé, pire c'était. Les vieillards tombaient comme des mouches. Leurs corps ne résistaient pas à l'assaut des premières fièvres. Au début, on a dit qu'il était transmis par l'eau, puis par les oiseaux, mais personne n'était capable d'expliquer cette épidémie d'amnésie qui nous a tous transformés en fantômes et a rempli le ciel de vautours. Le virus nous a abrutis avant de nous couvrir de peur et d'oubli. Nous marchions sans but, perdus dans un monde de fièvre et de glace.

Les hommes sortaient dans la rue et attendaient. Quoi ? Je n'ai jamais pu le savoir.

Nous les femmes, nous nous activions pour tromper le désespoir : ramassant de quoi manger, ouvrant et fermant les fenêtres, grimpant sur les toits et balayant les cours. Nous accouchions en poussant et en criant, telles des folles à qui personne ne donnait rien, pas même un peu d'eau. La vie s'est concentrée en nous, dans ce que jusqu'alors nous avions été capables de retenir ou d'expulser. Mon mari aussi a attrapé le virus, mais j'ai mis du temps à m'en rendre compte. J'ai confondu les premiers symptômes avec son caractère. Salveiro parlait peu, il était réservé et n'avait aucune curiosité pour rien, au-delà de son petit monde. Lorsque je l'ai connu, il travaillait dans le garage familial et passait son temps à desserrer des boulons avec une clef en croix ou, couché à côté d'un cric hydraulique, à réparer une panne sous les tripes d'un camion détraqué. Je passais tous les jours devant le local noirci sans y prêter attention. Si je suis entrée un jour, c'est parce que j'avais besoin de graisse à moteur pour dégripper les serrures de la maison : un bidon de Trois en Un, quelque chose qui permette de lubrifier les ferrures, mais Salveiro m'a proposé de venir y jeter un œil.

— Ce ne sont pas les serrures. C'est le bois. Il est rongé par les termites, c'est pour ça que les portes ne ferment pas ; tu vois ça ? – Il m'a montré une fine poussière de sciure et de copeaux.

Il est revenu la même semaine pour examiner le toit et le reste de la maison. Il l'a inspectée de fond en comble : la poutre pleine de moucherons, les pieds de la table mal coupés ou la chaise mal sciée. Il allait et venait, une lime à la main. Il ponçait ici et donnait des coups de marteau là. Tout ce qu'il touchait cessait de grincer ou de crisser, comme s'il réparait les choses d'un simple regard.

— Angustias, qui c'est celui-là ?

— Le fils du garagiste, papa. Il est venu réparer les traverses et les cadres des fenêtres.

Après chaque visite, nous lui offrions une bière pour le remercier. Il s'asseyait sous le tamarin et se laissait interroger.

— Pourquoi vous ne laissez pas tomber la mécanique pour vous consacrer à ça ? Vous êtes doué, insistait mon père, mais Salveiro buvait sans répondre. Angustias a fait des études de coiffure. Lancez-vous : avec un diplôme de menuisier en main, vous pourriez monter votre propre atelier d'ébénisterie.

— Je viens d'ouvrir un salon de coiffure, l'ai-je interrompu pour me faire remarquer. Il est à deux rues d'ici. Tu veux passer te faire couper les cheveux ? Comme ça, je t'expliquerai les démarches pour s'inscrire aux cours.

Il s'est présenté le lendemain. Il portait un pantalon propre et une chemise bien repassée. Sa peau satinée et parfumée n'avait rien à voir avec ces bras toujours crasseux d'huile et de graisse. Après lui avoir frotté les cheveux avec du shampooing et de la crème, je l'ai conduit vers le fauteuil, j'ai couvert ses épaules d'une cape et je lui ai coupé les cheveux avec mes meilleurs ciseaux. Les mèches tombaient, encore humides.

Salveiro n'a pas suivi de formation de menuisier, mais il a continué à venir à la maison trois fois par semaine pour apporter une bricole ou arranger un détail.

— Angustias, ma fille, cet homme est un lourdaud, mais bon, s'il est à ton goût..., m'avait dit mon père à l'oreille avant de faire un sourire pour la seule photo que nous avions prise, devant les portes de la mairie où nous nous sommes mariés.

Mon mari était un homme honnête. Il était doué pour la bagatelle. Il savait me caresser avec la même patience que quand il sciait du bois. Il ne parlait pas, mais ça m'était égal. Et c'était bien là le problème : je n'ai même pas imaginé que ses silences avaient un rapport avec l'indolence qui envahissait les rues ; une nuée d'ennui qui a fini par ensevelir la ville.

Le jour de mon baptême, ma mère a choisi Angustias. Plus qu'un prénom, c'était un coup de griffe. Pour elle, le monde avait toujours existé dans le silence. C'est pour ça que quand quelqu'un m'appelle : « Angustias ! »…, je ne peux m'empêcher de penser à son destin de femme sans voix. Je suis à l'image de sa surdité et de son naufrage. Je suis endurante. Je suis faite pour supporter le malheur. Je parle sa langue.

Jusqu'à ce que naissent Higinio et Salustio je n'avais jamais songé à quitter la ville, mais les choses ont mal tourné. Les enfants étaient venus au monde prématurés et fragiles du cœur. À eux deux, ils ne pesaient pas deux kilos sur la balance de l'hôpital. Leurs petites mains ridées remuaient à peine. Leurs ongles étaient violacés et leurs yeux plissés. La vie n'allait interrompre qu'un instant leur chemin vers la mort.

Trois mois durant, j'ai attendu devant une couveuse, redoutant le pire. Bien que personne n'ait pu garantir que leur cœur allait résister, les médecins ont décidé de les opérer. Ils ont survécu, tandis que la ville continuait de s'effondrer sous la pluie terreuse qui tapissait les trottoirs.

Je ne voulais pas que mes enfants grandissent dans cette vallée fantôme que tout le monde fuyait.

— On s'en va !

Salveiro m'a regardée, piqué par la vipère de l'aboulie, et il a continué de trifouiller les pièces d'un mixeur cassé.

— Je veux m'en aller, ai-je insisté.

— Tu crois que c'est si facile ? – Il a posé le tournevis –. Préparer un voyage, ça prend du temps…

— Tu peux rester si tu veux. Moi, je pars.

On a vendu nos meubles, nos draps, nos outils, ainsi que les miroirs, les fauteuils et les sèche-cheveux du salon de coiffure. Je n'ai gardé qu'une paire de petits ciseaux, que j'ai glissée dans ma poche et que je conserve encore aujourd'hui. Avec l'argent, nous avons pu payer une partie du billet de bus.

Nous avons quitté la capitale avec les enfants sur le dos et nous avons entrepris un voyage de plus de huit cents kilomètres ; la moitié en bus et l'autre à pied. Nous sommes arrivés à destination après avoir traversé huit départements de la sierra orientale, en plus des trois qui nous séparaient de Mezquite, un village de la frontière qui porte le nom d'un arbuste utilisé pour faire du charbon de bois.

Nous n'avions que quelques pièces, trois mandarines et un sac à dos avec une tenue de rechange, deux biberons et des sachets de lait en poudre que nous préparions dans les ruisseaux. Sur la départementale, une route qui traverse la cordillère centrale, avançait la colonne de migrants que nous formions. C'était comme ça qu'on nous appelait, nous qui fuyions l'épidémie.

Nous nous installions comme nous pouvions pour nous reposer et nous profitions du moindre ravin pour nous laver et cuisiner. Avant de reprendre la marche, je relevais mes cheveux pour ne pas gêner les enfants avec le frottement de mes mèches. J'avais fait le serment de ne pas les couper avant d'atteindre notre destination, quelle qu'elle soit. Salveiro marchait derrière moi, chassant les moustiques de ses mains et ramassant des bouts de bois qu'il mettait dans ses poches. Jour après jour, je sentais que je le laissais un peu plus loin derrière moi. J'étais persuadée que si je me retournais, j'allais le trouver écroulé sur le bord de la route, tel un arbre rongé par les termites. La nuit, je me suis souvent imaginée, me réveillant au milieu de nulle part, toute seule avec mes deux enfants. Je rêvais que je marchais à quatre pattes, transformée en lionne capable de humer dans le vent l'endroit où fuient les gazelles.

Les tentes dressées par les militaires à la frontière se distinguaient de très loin. La cohue de migrants qui affluaient en quête de nourriture et de médicaments pouvait se voir à des kilomètres. Ceux qui avaient encore de l'argent pouvaient partir en bus, les autres faisaient le chemin à pied, portant sur leur dos tout ce qu'ils pouvaient transporter. Des réfrigérateurs, des lampes et des casseroles gisaient, abandonnés sur le bord de la route, jusqu'à ce que quelqu'un les récupère pour les échanger contre de la nourriture.

Lorsque nous sommes arrivés au premier poste de contrôle avant le pont, un soldat nous a arrêtés pour inspecter nos papiers. Il était jeune et mince, et sa tête mal rasée était couverte par ces plaques que laissent ceux qui ne savent pas se servir d'un sabot.

— Où allez-vous ? – Il s'est d'abord adressé à Salveiro.

— À la sierra orientale… – Mon mari semblait encore plus absent que d'habitude.

— Nous sommes en pleine sierra orientale, citoyen.

— Il a voulu dire occidentale, l'ai-je interrompu. Nous avons de la famille là-bas. Nous voulons leur présenter nos enfants.

Le sergent m'a regardée, sceptique. Je lui ai donné ma carte d'identité et Salveiro la sienne. J'ai aussi montré les actes de naissance, mais il les a à peine lus. Toute son attention était concentrée sur les jumeaux. Il les observait avec curiosité. Tout d'abord Salustio, qui était dans les bras de mon mari, et ensuite Higinio, qui dormait, la tête posée sur mon épaule.

Il m'a demandé leur âge. Je lui ai expliqué qu'ils étaient nés avant terme et que c'était pour ça qu'ils avaient l'air plus petits. Il a hoché la tête et a regardé les papiers une dernière fois. Sa femme venait d'accoucher d'une petite fille, également prématurée, a-t-il expliqué tandis qu'il consignait nos noms dans un carnet.

— Comment s'appelle-t-elle ? ai-je demandé.

— Qui ?

— Votre fille…

— Elle n'a pas encore de prénom.

Il est entré dans la cahute et en est ressorti avec un sauf-conduit pour traverser la frontière.

— Que Dieu soit avec vous. – Et il nous a tendu le papier.

C'est ainsi que nous sommes repartis, Salveiro, les enfants et moi. Et Dieu n'a jamais daigné nous tenir compagnie.

Mes enfants sont morts à Sangre de Cristo, le premier hameau que l'on rencontre après avoir traversé la sierra orientale. Ils ont quitté ce monde dans le même ordre que celui dans lequel ils étaient arrivés. Higinio, d'abord, et Salustio, ensuite. Je les ai emmenés dans trois hôpitaux différents, espérant un miracle, mais personne n'a rien pu faire pour eux.

Nous les avons enveloppés dans des linges et nous les avons transportés comme ça avant de trouver des boîtes. Ils étaient si petits qu'ils auraient pu tenir tous les deux dans une seule, mais nous ne pouvions tout de même pas les tasser comme des chaussures. Salveiro a voulu les laisser à la morgue en attendant que nous puissions trouver un peu d'argent pour les enterrer, mais je m'y suis opposée. Ils étaient morts, mais c'étaient mes enfants, et je n'allais pas les laisser entassés dans un réfrigérateur rempli de cadavres anonymes. À la morgue, je suis tombée sur une note scotchée sur la porte rouillée d'une chambre froide : « Vingt-cinq fœtus, à inhumer par sacs de sept. » Elle était écrite au marqueur noir.

J'ai emmené mes enfants jusqu'ici pour la même raison

que celle pour laquelle je suis partie en les portant sur mon dos. J'ai cru que je pouvais les sauver de la maladie et de l'oubli, même si, au lieu de les éloigner de la mort, je n'ai fait que les escorter jusqu'à elle. La nuit, quand les chemins se peuplaient de voleurs et de crapules, nous cherchions une place dans un de ces foyers qui avaient commencé à fleurir de toutes parts. On n'y était pas toujours en sécurité, mais au moins on pouvait y reprendre des forces.

Dans ces baraquements faits de piles de briques d'aération couvertes de tôle ondulée, les femmes et les enfants s'entassaient, rendus fébriles par la faim. Il y avait aussi des vieillards hébétés, abandonnés par leur famille juste avant la frontière, et des enfants dont les parents avaient disparu en route. Les orphelins qui ne mouraient pas devenaient des délinquants à la petite semaine ou rendaient des services aux familles en échange d'un pourboire. C'étaient des âmes incomplètes, des passagers entre un monde et l'autre.

Une infime partie de ceux qui entreprenaient la traversée savaient à quoi ils s'exposaient. Ils marchaient pendant des heures, n'ayant que de pauvres couvertures pour se protéger du froid. Quand la nuit tombait, et s'ils avaient la chance de trouver une place dans un foyer, ils s'effondraient sur des paillasses et de maigres matelas, affamés et transis par le froid du désert, qui à cette époque de l'année rudoyait la frontière, sans pitié.

Dans une rue de la dernière ville de la sierra orientale, une femme de mon âge chantait, une petite fille de huit ou neuf mois dans les bras. Parfois quelqu'un passait et jetait quelques pièces dans le panier en osier posé à ses pieds. Le bébé s'agitait, sur le point de pleurer. Alors la mère cessait de chanter, lui mordillait les doigts et sifflotait pour qu'il se rendorme. Je n'avais pas de pièces à lui donner, ni d'enfants à protéger. Les miens dormaient d'un sommeil profond et irrévocable dans des boîtes à chaussures.

Au refuge, je les ai cachés sous la couverture, et une méchante femme a essayé de me les voler. Je me suis jetée sur elle et je l'ai prise par les cheveux : c'était tout ce que j'avais réussi à attraper dans la pénombre. Elle s'est débattue, avant de s'enfuir avec une des deux boîtes. Lorsque le couvercle en carton est tombé par terre, elle a sursauté, épouvantée. Ses yeux, enfoncés dans des orbites violacées, luisaient de désespoir : elle cherchait quelque chose à revendre, une paire de chaussures peut-être, mais elle n'a trouvé qu'un enfant mort.

Quand j'ai récupéré la boîte, j'ai constaté qu'elle avait volé l'argent qui nous restait et le sauf-conduit pour traverser le pont. Debout, face à la porte ouverte, je l'ai vue s'éloigner dans la rue. J'avais encore une de ses mèches dans la main.

À trente kilomètres de Sangre de Cristo se trouvait le plus grand marché noir de la frontière : Cucaña, un piteux pays de cocagne où les mères, grands-mères et filles venaient vendre leurs cheveux. Elles arrivaient, leur chevelure ramassée en un chignon, et repartaient tondues, serrant quelques billets : à peine de quoi acheter trois paquets de riz.

Le salon de coiffure le plus fréquenté s'appelait Los Guerreros, un endroit miteux où travaillaient des dizaines d'employées préposées à la tonte. Dehors, une cinquantaine ou soixantaine de personnes attendaient leur tour comme on va à l'abattoir. Los Guerreros n'était en fait qu'une baraque qui n'avait même pas de bacs à shampooing et se réduisait à une rangée de chaises en plastique.

— Pour les tiens on te donne soixante, mais pour ceux de ta mère, beaucoup moins.

— Combien ?

— Vingt. Ce sont des cheveux de vieille, ils sont ternes, on dirait de la bourre, ça ne vaut rien.

— Soixante, c'est tout ? Mais mes cheveux sont très longs, a-t-elle protesté.

— C'est le prix du jour. Si ça ne te plaît pas, va voir en face, a tranché l'employée. Personne suivante !

Je me suis approchée pour mieux écouter, et toutes les femmes qui faisaient la queue se sont retournées pour regarder ma tresse, qui à l'époque m'arrivait jusqu'à la taille.

— Une tignasse comme la sienne, a-t-elle dit en pointant ses ciseaux vers moi, ça vaut un peu plus.

— Combien ? ai-je demandé.

— Quatre-vingts.

J'ai rejoint la file d'attente au milieu des marmonnements. Les femmes m'observaient comme si je portais un diadème en or. J'ai craint qu'elles ne m'arrachent les cheveux pour récupérer l'argent qu'on m'en donnerait. Mais je suis restée, parce que cette somme, nous en avions bien besoin. Après l'épisode du vol nous n'avions plus rien, pas même de quoi acheter des biscuits ou de l'eau. Deux heures plus tard, je suis entrée dans la boutique.

Les coiffeuses coupaient les cheveux comme si c'était du crin de cheval. Elles tiraient sur les mèches avec un peigne et plongeaient les ciseaux au plus près du crâne, pour ne pas en perdre un millimètre.

— Pas comme ça, ai-je corrigé, il faut commencer par l'arrière et continuer sur les côtés.

— Tu vas m'apprendre mon métier ? On n'est pas dans un salon de coiffure, ici !

— Fais-moi confiance. Je sais m'y prendre.

J'ai sorti les ciseaux de ma poche. J'ai enfoncé mes doigts dans les anneaux et j'ai coupé. Les mèches se sont détachées comme des morceaux de corde cassée sur le papier journal qui couvrait mes genoux. Ma besogne terminée, je me suis levée sans même me regarder dans la glace et je me suis dirigée vers le comptoir où une femme sortait des billets de la caisse.

On m'en a donné soixante-dix, dix de moins que ce qu'on m'avait promis. J'ai pris l'argent et je suis partie.

À Cucaña, toutes les femmes arboraient la même coupe. Elles formaient un peloton de créatures tondues. Moi au moins, j'avais encore deux doigts de cheveux. Elles, même pas.

Quand elles n'avaient plus rien à couper ni à vendre, elles offraient leur corps aux camionneurs. Elles les attendaient au petit matin, à l'endroit où voyageurs et routiers prenaient leur petit déjeuner, des hommes qui négociaient les tarifs à l'arrière des trucks. Toutes ne trouvaient pas des clients. Celles qui y parvenaient faisaient leurs affaires en vitesse. Puis elles allaient se laver et boire l'eau terreuse des robinets des WC publics, où elles se retrouvaient pour se partager l'argent. Elles regardaient à droite et à gauche et parlaient à voix basse, de crainte qu'on ne leur vole aussi leurs paroles.

Dans la rue, des fillettes et des adolescentes attendaient ; à leur âge, elles ne pouvaient pas encore faire la même chose que les adultes et elles restaient à garder les plus petits. Il était difficile de savoir si elles faisaient partie de la même famille, mais la pauvreté me semblait être un lien de parenté bien suffisant. Elles demandaient de l'argent en échange de fruits pourris qu'elles trouvaient dans les ordures pendant la nuit.

Ces gamines passaient leurs journées à vendre des produits qu'elles ne pouvaient même pas se payer. Elles vivaient au milieu des bagarres entre les vendeurs du marché, des vols et des délits. Elles avaient tout juste de quoi se nourrir, mais elles devaient gagner leur pain à coups d'arnaques et d'embrouilles. Avec le temps, elles avaient appris à prospérer elles aussi. Elles ne savaient pas lire couramment et elles écrivaient à grand-peine, mais de la vie elles savaient déjà tout.

Cucaña grouillait de gens disposés à tout acheter et à tout vendre. La moindre vétille avait un prix : les médicaments, les casseroles, les vêtements, les cigarettes de contrebande, les cheveux, les dents sur pivot, les molaires en or, les meubles, l'électroménager… La biographie de presque tout le monde pouvait être reconstituée à partir des ventes aux enchères et des rebuts du marché.

J'ai demandé à Salveiro qu'il tienne pour moi les boîtes à chaussures et je suis entrée dans les WC publics pour me changer et me laver. Il n'y avait même pas de cabines, à peine trois cuvettes sales, séparées des lavabos par des rideaux en plastique. Il n'y avait pas non plus de papier toilette ni de poubelles. Je me suis cachée derrière le rideau et j'ai mis une serviette hygiénique ; c'était l'avant-dernière.

En sortant j'ai trouvé deux femmes qui parlaient devant un miroir fendu tout en se frottant les aisselles avec des chiffons humides. Elles sentaient la sueur et le vinaigre. Je les ai tout de suite reconnues. Nous qui venions de la sierra orientale, nous n'avions pas besoin de parler pour savoir d'où nous étions. Pour qu'elles ne me remarquent pas, je me suis lavé la figure avec le filet d'eau brune qui sortait d'un robinet rouillé.

Elles étaient encore jeunes, mais leur peau était tannée, froissée par la faim et la fatigue. Elles parlaient à voix basse d'une cousine qui était morte. C'est la première fois que j'ai entendu le nom de Visitación Salazar. Elles l'appelaient « la femme de Las Tolvaneras ».

— Elle a dégotté une niche pour ma mère. Elle nous a même aidés à la transporter.

— Elle est très loin du cimetière ?

— À une soixantaine de kilomètres, à côté de la décharge de Mezquite.

— Combien elle t'a pris ?

— Cette femme, l'argent, elle s'en fiche. Elle dit qu'elle est une soldate de Dieu. Elle se déplace toujours dans un pick-up gris. Va la trouver et dis-lui que tu viens de ma part.

— Et qui va me remplacer pour mon tour de garde ?

— On verra ça plus tard. Dépêche-toi ! Tu ne peux pas laisser Herminia à la morgue ; les cadavres, ils s'en débarrassent vite.

Elles m'ont regardée en silence, méfiantes, alors je suis sortie à toute vitesse. Au beau milieu d'un fossé plein de flaques et de boue j'ai changé d'avis. Je voulais avoir plus d'informations sur cette Visitación : son numéro de téléphone ou au moins une adresse où la trouver. Je suis retournée aux WC publics, mais elles n'étaient plus là.

Au niveau des cantines du marché, je suis tombée sur une fillette qui ne devait pas encore avoir treize ans. Elle s'est avancée d'un pas décidé. Sa taille de petite fille maigrichonne cachait un corps sur le point de devenir adulte.

Ses bras étaient décharnés et ses seins, minuscules, semblaient figés par le jeûne et la vie précaire.

— Tu m'achètes mes tomates ?

D'une main elle tenait un bâton ; de l'autre, un sac de fruits et légumes gâtés.

— Elles sont pourries.

— Ben…, a-t-elle lâché. Je te fais un prix. Tu n'auras qu'à les laver.

— Je n'en veux pas, et je n'ai pas d'argent. – Elle s'est gratté la tête –. Tu connais la femme de Las Tolvaneras ?

— Celle qui enterre les morts ? – Les cheveux de cette petite étaient tellement sales qu'on aurait dit de la paille –. Elle s'appelle Visitación Salazar. Tout le monde la connaît.

— Où je peux la trouver ?

— Ici ! Elle vient tous les jours, tôt le matin.

Elle m'a regardée, suspicieuse.

— Et pourquoi tu veux lui parler ?

— J'ai besoin d'un coup de main.

Elle a planté le bout de bois dans la terre et a mis les mains sur ses hanches.

— Ici on a tous besoin d'un coup de main. Alors, tu me les achètes, ces tomates ?

— Une autre fois.

J'ai tourné les talons et je suis partie en direction des étals du marché. J'ai trouvé Salveiro là où je l'avais laissé. Avachi, il regardait dans le vide.

— On part à Mezquite. – Je lui ai arraché les boîtes des mains.

— Pour quoi faire ?

— Chercher quelqu'un qui va nous donner un coup de main pour enterrer nos enfants.

Il n'était pas encore huit heures du matin quand le téléphone a sonné. Le maire de Mezquite se regardait dans la glace, une lame de rasoir à la main. Une moustache de mousse encore fraîche sur les lèvres, il a répondu à l'appel d'Alcides Abundio, le propriétaire de Las Tolvaneras, l'homme le plus riche et le plus puissant de la frontière.

— Allô, Abundio !

— Vous êtes un sacré crétin.

Aurelio Ortiz s'est essuyé le visage et a noué la serviette autour de sa taille.

— Les gens défilent à la mairie pour faire l'aumône. Ils vont sûrement aussi demander où se trouve la folle.

— Laquelle ?

— Eh bien, Visitación Salazar ! Qui d'autre ? Celle qui vous a ridiculisé avec un fusil de chasse. Ou vous ne vous en souvenez déjà plus ?

En effet, ça méritait d'être oublié.

— Les aumônes, c'est fini ! a hurlé Abundio, hystérique.

— Avant le virus c'était différent, mais maintenant… rendez-vous compte. La sierra grouille de migrants.

— Il a bon dos le virus ! Qu'ils crèvent tous, mais loin de mes terres !

— Gardez votre calme… – Aurelio Ortiz a posé la lame à côté du robinet et a changé le téléphone de main –. Vous êtes passé au bureau ?

— Bien sûr que non ! C'est Gladys qui me l'a dit.

Le maire a essuyé le miroir embué. Il était persuadé que quelqu'un le regardait dans la pénombre.

— Je vous ai dit que je ne voulais plus d'embrouilles avec Las Tolvaneras, mais comme vous êtes en campagne vous n'en avez rien à cirer.

Ortiz s'est retourné pour voir qui ou quoi était en train de l'épier.

— Aurelio, répondez ! Je vous parle ! Parce que gouverner avec mon soutien, c'est pas bien compliqué, mais même ça, vous en êtes incapable !

— Ne le prenez pas comme ça…

— Je le prends comme je veux ! Visitación est en train de jouer les provocatrices. Sale négresse insolente, avec ses morts du matin au soir. Je vais l'envoyer les rejoindre si elle ne dégage pas de ces terrains !

— Attendez les avocats.

— Mais je m'en contrefiche des avocats ! Je vous ai fait nommer maire de Mezquite pour que vous vous chargiez de mes affaires !

— Abundio…

— Taisez-vous, Aurelio ! Et écoutez-moi bien : j'ai promis une parcelle au curé. Et il y en a d'autres qui veulent leur part du gâteau, vous savez de qui je parle. Tant que ces tombes seront là, je ne pourrai pas tenir parole.

— Écoutez-moi.

— Chargez-vous de Visitación Salazar ou je vous fais écorcher vif ! – Et il a raccroché.

Le maire a passé la main sur son front. Il était nerveux. Il ne voulait pas avoir plus de problèmes avec Visitación Salazar, mais depuis que la bataille pour Las Tolvaneras avait commencé, elle avait empiété un hectare de plus sur ce qu'elle avait déjà usurpé. Elle les avait tous bien eus : le vieil Abundio, le commando armé des irréguliers et les passeurs qui vivaient du trafic de drogues, de personnes et de marchandises. Elle les avait tous bernés et, évidemment, ça ne faisait plaisir à personne.

Chacun d'entre eux, pour une raison différente, avait Visitación Salazar en travers de la gorge. Le plus amer, c'était le curé. Du jour au lendemain, le terrain que lui avait promis Abundio pour construire la maison paroissiale lui était passé sous le nez. Dépité et furieux, il a d'abord appelé la police, puis il a écrit à l'évêque. Il a même obtenu son excommunication. Il l'a accusée de profanation et d'usurpation de sacrement des saintes huiles, puis de vol, et enfin de sorcellerie. « Cette vermine est en train de dévaliser les biens de la Sainte Église et des pauvres de la sierra occidentale ! » répétait-il en levant les bras, les paumes tournées vers le ciel.

Mais c'était autre chose qui tracassait le curé. Le projet de maison paroissiale cachait un autre plan : monter un tripot pour les ivrognes du village, les ruiner à coups de crack, de gnôle et de *bachata*, pour qu'ils finissent par s'entretuer à la machette. S'il les conduisait vers le péché, son œuvre serait éternelle.

Aurelio était très inquiet.

— Mais tais-toi ! Ou tu vas te réveiller avec la bouche

pleine de terre ! a grondé sa femme la nuit où il lui avait raconté l'affaire.

— Salvación, ne te mets pas dans cet état, moi je veux seulement…

— Tu travailles pour le vieux. Et tu dépends d'Abundio, toi et tes enfants.

— Nos enfants, ma chérie.

Elle l'a regardé droit dans les yeux.

— Sois un homme pour une fois. Moi j'en fais bien assez, à élever deux enfants pendant que tu passes tes journées à te promener de village en village.

Salvación, tout comme Aurelio et la plupart des habitants de Mezquite, ignorait le véritable problème de ces terres. Ou alors ils jouaient les idiots, ce qui est la meilleure façon de vivre dans un village frontalier cerné de mercenaires et de trafiquants de tout poil.

« Occupez-vous de vos affaires, on vous a pas sonnée. Fichez le camp de ce terrain avant que ça chauffe », avait répété Aurelio à Visitación Salazar à plus d'une occasion. La dernière fois qu'il avait essayé de lui faire entendre raison, elle l'avait accueilli en tirant des coups de feu en l'air.

Ni les fonctionnaires de la mairie de Mezquite, ni la police n'ont su nous orienter. Ils nous ont fait remplir un formulaire avec la promesse que, peut-être, le lendemain, quelqu'un pourrait s'occuper de notre cas. Épuisée, je me suis effondrée sur un banc en métal, les boîtes encore dans les mains. Jusqu'à quand ça allait durer ? Sans argent ni sauf-conduit, nous n'allions arriver nulle part.

Des centaines de personnes comme nous marchaient, perdues, traînant de maigres bagages et des sacs en plastique pleins d'objets sans valeur. Certains campaient devant le bâtiment municipal pour garder leur tour jusqu'au lendemain. Le reste prenait le maquis et tentait sa chance.

Nous avons fait du stop jusqu'à Cucaña. Là-bas au moins on ne nous regardait pas comme des gueux, pour la simple raison que tous en étaient. Nous sommes retournés au foyer et nous avons partagé ce qui nous restait : une mandarine et des miettes de biscuits. Salveiro s'est allongé sur une paillasse et a mangé le fruit quartier par quartier, les yeux au plafond. Moi je n'avais pas faim. Pour me consoler, j'ai ouvert le couvercle des boîtes en carton et j'ai regardé dormir les jumeaux.

Nous ne pouvions plus rentrer chez nous, ni rester là avec ces bébés morts. J'ai chanté tout bas en leur caressant la tête :

Colombe blanche, belle
petite houppe bleue,
prends-moi sur tes ailes
pour aller voir Dieu.

— Arrête ça, Angustias, ils sont morts. Ils ne vont pas revenir. – Salveiro a voulu m'écarter.

— Qu'est-ce que tu en sais, ce n'est pas toi qui les as mis au monde.

Je suis sortie du baraquement les boîtes dans les mains et je me suis assise pour regarder le coucher de soleil à côté du groupe électrogène.

— Tu as pu trouver Visitación ? – Je me suis retournée en sursaut. C'était la gamine des tomates –. Je viens de la voir au bar du marché. Vas-y vite, avant qu'elle s'en aille !

— Attends un peu, ne bouge pas ! ai-je demandé à la petite.

Je suis entrée à toute vitesse dans le foyer, j'ai caché les boîtes sous la paillasse de Salveiro et j'ai couru à sa rencontre, mais elle n'était plus là. Quand je suis arrivée dans le bar, Visitación Salazar était déjà repartie. J'ai traversé tout le marché jusqu'à trouver le pick-up gris dont tout le monde m'avait parlé. J'ai attendu, mais personne n'est venu. Je suis allée d'étal en étal en la cherchant. Les vendeurs qui, à cette heure-là, démontaient et rangeaient la marchandise m'ont à peine regardée.

— Aurais-tu vu Visitación Salazar ? Elle était là il y a une minute.

Une femme a fait non de la tête.

— Je cherche Visitación Salazar, tu la connais ? Elle est passée par là ? – Rien à faire.

Le boucher n'a pas su me dire où elle était. Ni sa voisine. Le propriétaire de l'étal suivant non plus, ni celui d'en face. Je suis retournée vers le terrain qui faisait office de parking, mais le pick-up avait disparu.

Le brouhaha du marché s'éteignait peu à peu, et les voix des commerçants étaient remplacées par la rumeur des gargotes et le chant des grillons. Quand je suis arrivée au foyer, la gamine m'attendait, assise sur les marches.

— Tu l'as trouvée ?

J'ai fait non de la tête. Je me suis assise à côté d'elle, désespérée.

— Qui c'est, tes morts ? – Elle n'arrêtait pas de dégager sa frange.

J'ai sorti mes ciseaux de ma poche.

— Ne bouge pas.

J'ai peigné ses cheveux avec les doigts et je les ai répartis en deux mèches. J'ai pris la première entre l'index et le majeur, et j'ai coupé. Un fin duvet est tombé au sol. J'ai fait la même chose avec l'autre mèche, puis j'ai égalisé.

— C'est mieux maintenant, pas vrai ?

Elle a acquiescé.

— Je t'ai demandé qui c'est, tes morts. Tu ne réponds pas ?

— C'est mes enfants.

— Tous ?

— Oui, tous.

Elle s'est levée, a secoué les petits cheveux qui étaient tombés sur sa jupe et m'a tendu un bout de papier où était écrit un numéro de téléphone. Puis elle est partie en courant sans dire au revoir. J'ai déplié le papier. Les neuf ressemblaient à des voyelles et les trois avaient la forme de huit dessinés d'une écriture maladroite et penchée. Six sept trois ; huit, quatre, deux ; neuf, deux, un.

J'ai dépensé mes dernières pièces pour passer l'appel. Ça sonnait. Au cinquième coup, une femme a décroché.

— Visitación Salazar ?

— Elle-même.

— Je m'appelle Angustias Romero et je veux enterrer mes enfants.

— Don Abundio est occupé.

— Je viens remettre des documents importants, a dit Aurelio Ortiz. Laissez-moi passer.

Le garde du corps a posé la main droite sur son pistolet.

— Il est occupé à ses affaires. – Un sourire malicieux s'est dessiné sur son visage –. Il est avec Perpetua. Retournez à la mairie, le chef met toujours du temps quand il traite avec elle.

Aurelio a rebroussé chemin et il est remonté dans le pick-up.

— Allez Reyes, on va à Mezquite.

Depuis que l'épidémie s'était déclarée de l'autre côté de la frontière, des centaines de personnes arrivaient à Mezquite, et ça tracassait le maire. Ces gens ne savaient plus comment rentrer chez eux et erraient sur les sentiers, affamés d'avoir tant marché à travers la lande qui séparait la sierra de la frontière. Beaucoup étaient devenus fous ; ceux qui n'étaient pas morts pendus aux arbres avaient disparu, charriés par la rivière.

Au village, il n'y avait plus assez de fosses communes

pour les enterrer. Les gens voulaient une tombe pour leurs proches, rien de plus, et le nom de Visitación Salazar circulait par le bouche-à-oreille. Ils faisaient appel à elle avec le désespoir de ceux qui n'ont rien, pas même un endroit pour enterrer leurs morts. Elle était devenue une légende vivante. Ceux qui la vénéraient disaient que c'était une sainte, et ceux qui la détestaient l'accusaient de marché noir et d'affaires sordides.

Visitación n'était rien de tout cela. Elle ne faisait pas de miracles, mais pas non plus de trafic d'organes, comme on avait commencé à le raconter. C'était une femme joviale, qui dansait, fumait et buvait, comme tout le monde à Mezquite. Elle parlait parfois comme un prédicateur évangéliste et débitait sa version toute personnelle de l'Ancien Testament, mais à la différence d'Abundio, elle ne vendait personne aux passeurs et ne réduisait pas en esclavage ceux qui venaient chercher refuge.

Le maire connaissait bien les raisons pour lesquelles le vieux était si pressé de la déloger de Las Tolvaneras. Il voulait que le curé bénisse son union avec une Indienne avec laquelle il prétendait remplacer son épouse, Mercedes, une femme bien propre sur elle, raide comme un clocher et qui ne vivait plus avec lui. Il allait au village de temps en temps pour feindre d'honorer son mariage, même si personne n'était dupe : il y avait longtemps que c'était fini entre eux.

Après les avoir saignées elle et sa famille, Abundio avait dans l'idée de refonder son arbre généalogique avec cette jeune fille qu'il avait baptisée Perpetua et qui était arrivée à Mezquite parce que l'armée irrégulière avait mis le feu au hameau où elle vivait. Abundio lui a appris à porter des chaussures et il l'a dressée pour qu'elle ne mange plus de terre, comme elle le faisait quand on l'avait trouvée près de Cocito, un village où les chevaux et les ivrognes perdent la tête à cause des voix des revenants et des âmes en peine.

Aurelio Ortiz ne croyait pas à ces balivernes. Ce n'étaient pas les esprits : ce qui en réalité faisait sortir de terre les démons, c'étaient la cocaïne, le crack et le rhum blanc.

Entre Cocito et Villalpando, au nord du fleuve Cumboto, se dessinait une gorge qu'on appelait La Perla. Plus la sécheresse approchait, plus le courant s'amenuisait, au point de se réduire à un filet argenté. Le long de la rive marécageuse, de petits cours d'eau se formaient ; les éperviers fondaient sur eux et reprenaient leur envol, des poissons embrochés dans le bec. Les ibis rouges aussi fouillaient dans ces bancs de sable.

Quiconque était capable d'endurer le chemin vers le Tiers Pays tombait sur La Perla, un torrent protégé dans les replis sinueux d'un paysage qui dévorait les choses tout en les magnifiant. On racontait beaucoup d'histoires sur ce cours d'eau : qu'il abritait des coffres pleins de trésors, que des pièces d'or remontaient à la surface et que, quand le niveau baissait, de petits écrins émergeaient, protégés par une âme en peine. On disait aussi que le courant recelait des couleuvres dorées, et que le sable abritait des perles et des coquillages nacrés. Les mercenaires qui naviguaient en quête de reliques affirmaient qu'un galion s'y était enlisé.

Des mineurs venant du sud avançaient le long de ses

rives, des groupes d'hommes loqueteux qui avaient remplacé les pêcheurs locaux. Plus personne ne draguait ces eaux pleines de bandits. Munis de cordes, de pioches et de tamis, les chercheurs d'or marchaient vers la source du Cumboto, origine des ruisseaux qui irriguaient la sierra. Ils se moquaient bien de la loi, parce que le temps en avait écrit une autre de ses gencives gonflées de mercure. À leurs crachats sonores se mêlaient des mots amers et grossiers.

Ils étaient arrivés jusque-là aimantés par les pépites de métaux précieux et les éclats de diamant des grottes de Gato Negro. La moindre miette brillante suffisait à justifier leurs pérégrinations. C'étaient des hommes sans vie qui raclaient cette terre abandonnée des eaux et de la loi.

La Perla traversait une partie de la frontière où l'on faisait le commerce d'objets volés. Les trésors dont on parlait n'apparaissaient pas par magie : quelqu'un les avait enterrés là pour fuir sans laisser de traces, et pour revenir les chercher un jour, si la chance lui souriait. Le surnaturel ne surgissait pas de ses eaux, mais du courant qui enfouissait les objets ou modifiait leur aspect. C'était pour ça qu'on inventait des histoires de revenants et de fantômes : pour dissuader les chercheurs de butins.

Épuisée, les ampoules à vif, je me suis approchée de l'eau de La Perla pour me laver les pieds, retirer la terre de mon visage et apaiser la douleur de mes chevilles, gonflées et malmenées par le chemin pierreux.

— Angustias, les poissons volent…

En l'entendant, j'ai frissonné. J'ai pressenti que Salveiro était entré, pour de bon, dans la pire phase du virus : des hallucinations en boucle causées par la fièvre. J'ai eu peur, pour lui et pour moi. Je pouvais porter deux cadavres, mais pas trois. Je suis restée silencieuse, les pieds plongés dans l'eau.

— Puisque je te dis que les poissons volent ! a-t-il répété.

Un banc de poissons irisés grouillait à la surface de la rivière, qui ressemblait à une poêle bouillonnante sous le soleil. Je me suis frotté les yeux pour mieux les distinguer. Les poissons étaient bleus et leurs nageoires formaient une sorte de cape qui leur permettait de prendre leur impulsion au-dessus de l'eau, tel un vol de hérons sillonnant le ciel.

Le sable blanc de la rivière, étincelant sous la lumière de midi, formait un miroir qui créait l'effet d'un vol. Je me suis laissée tomber à la renverse et j'ai demandé à Dieu un miracle. Sous l'eau, le monde devenait cotonneux et lointain. Tant que je resterais là, rien n'arriverait, tout resterait en ordre et il n'y aurait plus rien à attendre. Si je suis remontée à la surface, ce fut pour les enfants. Quelqu'un devait leur donner une sépulture.

J'ai rejoint la rive et je me suis assise à côté de mon mari.

— Oui, Salveiro, les poissons volent.

Nous avons gardé le silence et nous avons contemplé cet endroit où étaient réunies toute l'horreur et toute la beauté du monde à la fois.

— Gladys, c'est un ordre !

— Mais, monsieur le maire, il y a une énorme file de gens de la sierra orientale. Ils attendent depuis cinq heures du matin.

— Dites que je ne suis pas là !

— Don Abundio a laissé un message pour vous. Il dit que ça ne lui plaît pas, tous ces gens devant la mairie.

— Il me l'a déjà fait savoir en personne.

— Monsieur le maire... Attendez !

Aurelio Ortiz a fermé la porte en la claquant pour réaffirmer une autorité qu'il n'avait pas. Il détestait Gladys. Il la supportait parce qu'il n'avait pas le choix. Cette femme ressemblait plus à une télégraphiste qu'à une secrétaire : elle tapait à la machine avec les index, en frappant fort, comme si elle écrivait en morse. Elle ne répondait même pas quand on lui disait bonjour et elle faisait la sourde oreille quand il lui donnait des instructions.

La relation de Gladys avec les Abundio était aussi ancienne que la haine. Elle avait d'abord travaillé pour Reinaldo Abundio, le père, puis pour Alcides, le fils. Ils lui avaient assigné le poste de secrétaire de la mairie pour surveiller Aurelio. C'est comme ça qu'elle avait pu élever ses dix enfants : en reniflant et en lavant le linge sale de deux générations de cette famille.

Alcides Abundio a poursuivi le parrainage que son père avait concédé à la descendance d'orphelins de sa secrétaire. Ils ont tous été placés comme employés des douanes, veillant aux marchandises ou accomplissant des tâches faciles sous ses ordres. Tous se montraient obéissants. S'ils devaient se laisser tirer dessus, ils le feraient, non par fidélité, mais par crainte qu'Abundio ne le fasse en premier.

Le « Parrain », comme on appelait le père d'Abundio, avait connu Gladys dans les anciennes plantations de canne à sucre. Son mari était mort lors d'un combat de coqs, dont le Parrain était friand. Il était là le jour où on lui a tiré un coup de carabine dans la poitrine.

C'était une sombre histoire de vengeance, à croire ce que racontaient ceux qui avaient été présents. Le combattant malais que l'homme avait présenté a planté son bec dans l'œil du coq américain sur lequel le Parrain avait tout misé. « Ça tourne mal », se sont dit ceux qui avaient pris les paris. Et ils n'avaient pas tort.

Personne n'a survécu. À côté des deux coqs, morts à coups de bec, les propriétaires gisaient, morts eux aussi. Le gagnant, d'un tir de carabine, et le perdant, saigné à blanc d'un coup de couteau que quelqu'un lui avait planté au milieu de la bataille.

D'aucuns assurent que c'est le vieux qui l'a fait tuer, et qu'après ce carnage il a décidé d'acheter le silence de la veuve en préservant ses enfants de la faim. Mais tout était bien plus simple. Si Gladys s'était montrée fidèle et loyale, ce fut grâce à ce ressort du pouvoir qui mue les assassins en patriarches.

C'était pendant les années fastes, quand Abundio est devenu riche en payant ses employés avec des jetons et en faisant du trafic d'animaux à Cucaña. À l'époque, les commandos irréguliers, ces troupes armées qui contrôlaient les terres, dominaient déjà complètement le secteur : ils séquestraient et tuaient à leur guise, ils prélevaient des impôts aux propriétaires des terres et des usines, et enrôlaient les ouvriers agricoles qui ont commencé à mieux gagner leur vie grâce aux armes et aux rançons des enlèvements. Après les avoir recrutés, ils les soumettaient à un entraînement militaire dont ils sortaient transformés en mercenaires. Ils ne leur inoculaient pas la cruauté, ils se limitaient à réveiller celle qui était en eux.

Vêtus d'une casaque vert olive et de bottes militaires, les commandos irréguliers arrivaient sur les lieux en brandissant les machettes et les mitraillettes volées aux soldats de l'armée nationale. Munis des armes appartenant aux hommes à qui ils avaient donné la mort, ils se promenaient en faisant des gestes brusques et en mettant la main à la ceinture. Ils observaient avec mépris leurs propres voisins, ceux-là même avec qui ils avaient grandi et qu'ils égorgeaient à l'envi, mus par les souvenirs et les ressentiments. Ils saccageaient les villages, volaient des animaux, violaient à leur aise et, non contents d'assassiner les jeunes de sexe masculin, ils les découpaient en morceaux. Ils laissaient aux alentours des villages les bras et les jambes mutilés pour faire savoir qui commandait dans le secteur. Les commandos irréguliers étaient une mine d'argent pour quiconque savait en tirer profit, c'est pour ça que le Parrain a attendu et, le moment venu, il les a mis dans sa poche.

Une forte sécheresse, la première de toutes, a attiré nombre d'hommes et de femmes depuis la sierra orientale jusqu'à Mezquite. Abundio père accueillait ceux qui échouaient à l'intérieur de ses enclos, leur apprenait à se servir d'une faux et à tirer de l'eau des puits, en échange d'un toit et de nourriture. S'ils arrivaient en bon état, il leur faisait miroiter des papiers, mais les offrait aux commandos irréguliers en guise de geste de paix. C'est ainsi que les commandos ont engagé avec lui une relation durable et solide qui s'est prolongée avec Abundio fils. Il a continué de recruter des hommes. Non plus pour les faire travailler et les exploiter comme main-d'œuvre bon marché dans les fermes des environs, mais pour les proposer au plus offrant. Vendre des personnes était autrement plus lucratif. Il a forgé son empire sur les os de ces hommes, en les vendant ou en les échangeant contre des armes.

C'est ainsi qu'Abundio a engraissé les patrouilles les plus sanguinaires de la région, un geste dont les commandants guérilleros l'ont remercié en massacrant ses ennemis ou en lui donnant les coudées franches dans les plantations de pavot produisant l'héroïne qui finançait leur guerre contre l'État. C'étaient des assassins, mais ils savaient transiger avec certaines libertés, à condition que ce soit bénéfique pour la leur.

Nous avons enterré notre mariage avec les enfants. Je ne sais pas qui, des jumeaux ou de nous, était le plus mort. Même les vêtements nous pesaient. Tout le trajet durant, je n'ai jamais lâché les boîtes et Salveiro a rarement fait mine de les prendre. Le temps et la poussière ont soudé les bébés à mes mains, comme ils l'avaient été à mon ventre.

Bien qu'elle nous ait vus arriver, Visitación Salazar n'a pas bougé d'un pouce. Une pelle à la main, elle est restée debout face à la fosse ouverte destinée aux jumeaux morts que Salveiro et moi avions engendrés par amour, ennui ou désespoir.

— Visitación Salazar ? ai-je demandé.

— Elle-même.

— Je suis Angustias Romero.

Un silence rocailleux s'est fait, à peine perturbé par le rugissement du vent.

— C'est ton mari ?

— Son prénom est Salveiro.

— C'est le père des petits ?

J'ai hoché la tête.

— Et pourquoi tu ne dis plus rien, maintenant, mon grand ? Il y a quelques minutes, tu n'arrêtais pas de jacasser et de martyriser ta femme. Les souris ont mangé ta langue ? Ou c'est la honte qui te l'a arrachée ?

Je l'ai interrompue :

— À Cucaña on m'a dit que vous pouviez nous aider à enterrer mes enfants.

— C'est exact, ma belle. Ici tes enfants trouveront la paix éternelle.

— Mais vous venez de dire qu'il n'y a plus de fosses disponibles, a lâché Salveiro.

— On ne refuse jamais une sépulture à un enfant. – Visitación Salazar a marqué une pause théâtrale et a poursuivi son interrogatoire – : Combien il y en a ?

— Deux. Ce sont des jumeaux, ai-je répondu.

— Ils sont dans ces boîtes ?

J'ai baissé les yeux, rongée par la honte.

— Je veux les voir ! a-t-elle ordonné.

Elle a marché jusqu'à un hangar fait de parpaings creux couverts de tôle ondulée, la seule ombre disponible dans cet enfer de poussière et de soleil. Elle a pris des clefs qui pendaient à un clou et elle a ouvert la portière du pick-up gris.

— Toi, Angustias, tu montes avec moi pour faire le copilote. Simplet, le petit muet, il voyagera à l'arrière, avec les bambins.

— Vous n'allez pas les ausculter ? – Salveiro est resté debout, au milieu de la remise.

— Dis-moi, Simplet, tu veux vraiment que j'examine tes enfants en plein cagnard et que je les touche sans mettre de gants ? Monte… et occupe-toi bien des boîtes, parce que ta femme a porté toute seule ses enfants morts pendant tout le trajet !

D'un bond, elle a grimpé dans le pick-up et a claqué la portière. Et je l'ai suivie.

— Tu as les papiers de l'autopsie ? a-t-elle demandé.

Je les ai sortis du sac à dos. Elle y a jeté un coup d'œil et me les a rendus.

— On ne va pas préparer les corps ici ; on sera mieux au cimetière municipal.

Elle a tourné la clef de contact et a donné un coup d'accélérateur qui a soulevé un nuage de poussière d'argile. Il faisait encore jour, mais la lune était là, ronde comme un impact de balle dans le ciel.

— Où va-t-on les mettre, tous ces gens, monsieur le maire ?

— Vous le savez bien, Reyes : comme d'habitude.

Le chauffeur n'a plus posé de questions. Il était discret, et avec cette réponse, il en savait bien assez. S'il entendait un mot de plus, il le gardait pour lui. Il faisait ce qu'on lui disait, ni plus, ni moins. Sous ses cheveux gris, sa peau tannée et son allure d'armoire à glace, Reyes cachait un homme expérimenté. Il avait travaillé pour les cinq maires précédents, tous mis en place par Abundio ; alors, il savait à quoi s'en tenir.

Escorté par ce brave homme, Aurelio Ortiz s'est frayé un chemin parmi ceux qui l'attendaient. Plus que les mépriser, il les craignait.

— Distribuez quatre-vingts numéros… Les autres, qu'ils reviennent demain. Et quand vous aurez fini, montez, je vais avoir besoin de vous.

Le chauffeur s'est fait accompagner et a annoncé les instructions en criant :

— Sortez vos papiers ! On commence l'appel !

Aurelio Ortiz s'est écroulé dans le fauteuil de son bureau

face à l'ordinateur. Son reflet sur l'écran éteint lui a rendu l'image d'un être ratatiné. Le travail qu'il faisait était indigne et c'était précisément pour ça qu'Abundio l'avait mis là.

Quand l'épidémie s'était déclarée dans la sierra orientale, Abundio avait diversifié ses activités. Il ne faisait plus seulement affaire avec les irréguliers, mais aussi avec les passeurs, qui prenaient une fortune aux pauvres gens qui essayaient d'éviter les contrôles à la frontière et dont il se servait pour ses négoces.

Tout en leur faisant croire qu'ils les conduiraient à une plantation, un poste de secours ou un foyer d'accueil, les passeurs abandonnaient à leur sort des dizaines d'hommes et de femmes, les laissant mourir de faim et de soif. Ils leur extorquaient deux ou trois fois le prix du voyage pour le simple fait de les avoir conduits dans un endroit où ils allaient pouvoir trouver un travail, en général sur les terres d'Abundio, qui profitait largement de ces transactions funestes.

Très peu de migrants arrivaient en vie. Le voyage était interminable et pénible. Le soleil les cuisait toute la journée et le froid les achevait pendant la nuit. Ils avaient tous un aspect de cuir desséché. Bien que faibles et malades, ils persévéraient dans leur longue marche, mais la majorité s'arrêtait à mi-chemin et finissait par s'effondrer, jusqu'à ce que le vent et la poussière achèvent de les enterrer.

En hiver, l'eau du fleuve les emportait et les charriait jusqu'à Las Tolvaneras. Saisis dans la boue, leurs corps ont fini par former un bourbier que le gouvernement a fait draguer. Les tombes n'avaient que des fleurs en plastique car les fleurs naturelles mouraient par manque ou excès d'irrigation. C'était là le paradoxe de ces terres : l'eau qui donnait la vie l'emportait parfois également.

Aurelio Ortiz était chargé des recrutements. Il se sentait coupable et, au fond, il l'était. Il frisait à peine la quarantaine, mais il se sentait consumé. Il avait grandi sans mère ni frères et sœurs. C'était le fils unique de l'instituteur du village : un homme libéral malade d'Alzheimer qui avait décidé d'attendre la fin du monde en lisant les *Entremeses* de Cervantès. Quand il est parti à la capitale de province pour faire des études d'administration et de comptabilité, son père avait déjà perdu la tête. Il est rentré deux ans plus tard avec un costume beige, une calculatrice qui faisait les racines carrées et un carnet à souches.

— Mon cher fiston, que tu n'aies pas été fichu d'apprendre à compter à Cundinamarca, ça, je m'en doutais. Mais je n'imaginais pas que tu oublierais le sens de la décence que je t'ai toujours inculqué.

— Mais papa, écoutez…

— Maintenant c'est toi qui vas m'écouter ! lui a-t-il lancé en se redressant de son hamac. Je n'ai eu qu'un fils et il a fallu que ce soit un escroc. Parce que travailler pour cette canaille d'Abundio, c'est une chose, mais faire office de cheval de Troie à la mairie pour cette raclure… À ce rythme, tu finiras comme le Licencié Vidriera, à craindre en permanence qu'on te brise en morceaux !

Son père oscillait entre la lucidité et les brumes de l'enfance. Entre les deux, il laissait une traînée de souvenirs. Aurelio Ortiz n'était pas certain de savoir qui était le fameux Licencié Vidriera dont il parlait ; il s'agissait certainement d'un des personnages des livres que son père lisait et pour lesquels lui-même n'avait jamais éprouvé un grand intérêt.

— À ce rythme il ne restera rien de toi, pas même des petits morceaux !

Alors que les paroles paternelles tournaient encore dans sa tête, il a sorti son téléphone de sa poche et a composé le numéro de Críspulo Miranda, l'homme de main à qui Abundio confiait ses animaux.

— Críspulo ? Ici Aurelio Ortiz, le maire.

Il a marqué une pause théâtrale.

— Commencez à préparer les chiens. Nous allons rendre visite à quelqu'un cet après-midi.

Les bouches d'Higinio et de Salustio étaient violacées et une cicatrice leur barrait la poitrine : dix points de suture, du haut vers le bas, les mêmes que ceux qui barrent mon ventre, de gauche à droite. Visitación leur a frotté les joues avec un coton imbibé d'alcool.

— Chante-leur quelque chose, pour qu'ils n'oublient pas ta voix.

Je l'ai regardée comme si elle était folle. Et elle l'était.

— Tu crois qu'ils ne peuvent pas t'entendre ? a-t-elle demandé en soutenant mon regard. Chante, siffle. Dis-leur quelque chose.

— Je n'ai pas envie.

Le soleil brillait sur les croix des tombes, nimbées d'une paix crasseuse et métallique. Visitación a continué de fouiller dans une armoire pleine de boîtes et de flacons. Elle n'arrêtait pas d'aller et venir dans la pièce.

— Mon papa était le gardien du cimetière municipal. Quand j'étais petite, on m'envoyait lui apporter à manger, un café ou un verre d'eau. – Elle s'est retournée et a continué de parler sans mesure, comme presque tout ce qu'elle faisait –. Tu sais comment on enterrait les gens à l'époque ?

– J'ai fait non de la tête –. Direct dans le trou. On ne les habillait pas et on ne leur couvrait pas non plus le visage. La terre leur tombait directement dessus... – Elle a pris Salustio dans ses bras et l'a bercé doucement –. À l'époque, il n'y avait que les irréguliers qui tuaient : deux balles dans la tête et c'était réglé, pan, pan ! – Elle a imité un pistolet avec ses mains –. Personne ne respectait rien et on n'avait aucun sens de la dignité. Bon, on ne peut pas dire qu'aujourd'hui il y en ait beaucoup...

Avec ses gants en plastique, elle a pressé les joues d'Higinio pour dissoudre les croûtes de poussière sur le visage de mon bébé. Elle a regardé autour d'elle, cherchant quelque chose.

— Prends l'autre petit et passe-lui la robe qui est sur la table. – Elle a montré du doigt une petite chemise en drap blanc.

— Mais c'est une robe de baptême.

— Eh bien comme ça il arrivera là-haut tout beau !

La tunique sentait la poussière. Même la coupe semblait d'un autre temps. Je ne voulais pas mettre cet accoutrement à mon fils. Combien de fois ce vêtement avait-il bien pu être porté ? Qu'est-ce que cela changeait de les enterrer de telle ou telle façon : pouvoir leur dire au revoir était bien suffisant.

— Je préfère qu'ils portent juste leurs couches en tissu.

— Comme tu veux.

On a remis les jumeaux dans leurs boîtes. Visitación les avait tapissées de tissu blanc pour qu'elles ressemblent à des cercueils.

— Prends ton temps, je t'attends dehors.

Elle a refermé la porte avec précaution et m'a laissée

seule avec mes enfants. J'ai voulu les embrasser, les serrer contre mon corps jusqu'à les absorber. Depuis leur naissance, quelque chose s'était toujours interposé entre eux et moi : la couveuse, la salle des prématurés, l'unité de soins intensifs. Maintenant qu'ils étaient si près de moi, je ne pouvais même pas les embrasser.

Deux larmes ont coulé sur mes joues. Plus je les séchais, plus les suivantes étaient grosses et salées. Je ne voulais pas pleurer, pas comme ça : comme si j'acceptais les choses sans exiger d'explications. J'ai refermé les boîtes et je suis sortie du hangar en les tenant sous le bras. Au pied d'un arbre sec et tourmenté en forme de parasol – ces dividivis de nos pays –, Salveiro dessinait des sillons dans le sable avec une pierre.

Visitación a voulu m'aider, mais j'ai refusé.

— Debout, Simplet. C'est l'heure, a-t-elle ordonné à mon mari.

Nous sommes montés à bord du pick-up en silence, sans même nous regarder.

— Tiens bien les boîtes, Simplet, la route est mauvaise aujourd'hui !

Le vent était violent et la lumière du soleil faisait briller les barbelés. Après un long détour, nous avons rejoint une route pleine de nids-de-poule. Tout n'était que chardons, branches mortes et terrains vagues jonchés d'ordures que les chèvres mangeaient comme si c'était de l'herbe. Nous suivions la ligne d'une route déserte. Nous ne cherchions pas un foyer, pas plus que nous ne retournions vers celui que nous avions abandonné : nous ne faisions que parcourir le chemin vers une tombe. Parfois nous croisions des voitures cabossées et des charrettes tirées par des chevaux qui transportaient des ordures. Les animaux étaient si maigres que l'on pouvait compter leurs côtes saillantes sous leur peau pelée.

Au niveau de la déviation vers le cimetière, un pick-up aux vitres fumées nous a dépassés à toute vitesse.

— Ça sent mauvais, a dit Visitación.

— Pourquoi ?

— Ils n'ont pas d'immatriculation. Ici le seul qui roule sans plaque, c'est Abundio.

— Qui c'est celui-là ?

Visitación a fait claquer sa langue, les yeux encore rivés sur le rétroviseur.

— Ils cherchent après moi, a-t-elle lâché.

— Pour quoi faire ?

— Rien de bon.

Elle a appuyé sur l'accélérateur et a conduit sans dire un mot. Quand nous sommes arrivés au cimetière, on a entendu les chiens aboyer.

Le maire est descendu de la Mitsubishi. Il portait un pantalon et une *guayabera* en lin, tout de blanc vêtu. Críspulo Miranda l'attendait, adossé au mur du chenil.

— Tout doux, Roco ! – L'homme de main a craché dans le sable et a tiré sur la laisse.

L'animal s'est assis sur ses pattes arrière.

— Qu'est-ce qu'ils ont ? Ils n'ont pas mangé ? – Aurelio s'est séché le front avec un mouchoir.

— Plus ils ont faim, plus ils sont féroces.

— On va juste faire une petite frayeur. Rien de plus.

— Où ça ?

— À Las Tolvaneras, chez Visitación Salazar.

— Alors je prends Azufre et Aníbal.

— Juste Roco, c'est suffisant.

— La dernière fois, la vieille a tiré en l'air. On ne sait jamais.

— Pas de discussion, Críspulo ! – L'Indien a grommelé –. Allez chercher Lucero et l'autre chien, le berger allemand d'Abundio.

— Moi je sors les lions, sinon rien.

— Détachez ceux que je vous ai dit, putain !

L'homme de main l'a regardé, désabusé, et il s'est dirigé vers le chenil.

Críspulo Miranda était un type dont il fallait se méfier. S'il avait eu une mère, il l'aurait vendue pour deux bouteilles de gnôle. Il avait les mains calleuses et de son pouce sortait un ongle taillé comme une griffe. Il était maigre, grand et taiseux. Pour ainsi dire, il n'avait rien, pas même un nom ; il avait fallu lui en inventer un. Les employés l'avaient trouvé assis sur le bord de la route de Mezquite, serrant contre lui la tête de son père. Les irréguliers l'avaient laissé là après avoir assassiné sa famille à la machette.

L'homme de main était né et avait grandi en voyant mourir et tuer autour de lui. C'était dans sa nature. Quand on l'avait conduit chez Alcides Abundio, le vieux l'avait recueilli et lui avait assigné des tâches pour lesquelles il n'était pas nécessaire de le former. Comme il ne parlait pas, on ne pouvait pas savoir s'il était sourd ou débile. C'était pour ça qu'Abundio lui avait donné une seule et unique mission : nourrir et s'occuper des chiens de garde qui assuraient la protection de ses terres. Des molosses hargneux et puissants, des animaux féroces et inquiétants. Críspulo ne s'était pas contenté de les gaver, il les avait aussi dressés et déparasités. Pour gagner quelques pièces, il castrait des chiens à la demande. C'était comme ça qu'il avait commencé à boire, avec l'argent de poche de ses chirurgies. Il était devenu le prince de la gnôle et le roi de la machette, le meilleur de la région.

Críspulo s'entendait bien avec les chiens parce qu'on l'avait toujours traité comme s'il en était un. Personne dans la propriété d'Abundio n'avait son pareil pour s'occuper de ces animaux et les bichonner. Il les brossait deux fois par jour, leur donnait leur pitance et leur avait même montré comment chasser. D'eux il avait appris l'essentiel : la faim, la fornication et la défécation. C'était ainsi qu'il vivait, se consacrant à ces trois activités à parts égales.

C'était un homme sans âge, trop vieux pour ressembler à un jeune homme, mais trop bêta pour être considéré comme un adulte. Un jour on l'avait trouvé en train de harceler un âne avec trois bergers allemands et deux dobermans. Il les avait attachés et les faisait enrager avec une canne. Excités et affamés, ils s'étaient jetés sur l'âne et lui avaient arraché la peau à coups de crocs. Críspulo n'avait rien fait, il n'avait même pas crié pour les chasser. Puis Críspulo s'était avancé et avait commencé à distribuer des coups de machette. Le pauvre âne avait tant crié que les femmes et les hommes qui travaillaient dans la maison avaient accouru pour voir ce qui se passait. Ils l'avaient trouvé couvert de sang, la machette encore dans la main.

À partir de ce moment-là, Críspulo avait retrouvé l'usage de la parole et il s'était mis à suivre le vieil Abundio comme son ombre. De jour comme nuit, il ne le lâchait pas d'une semelle.

Ils ont attendu à l'entrée du cimetière. Aurelio, abrité derrière d'épaisses lunettes de soleil, et Críspulo, avec ses trois bergers allemands attachés à une chaîne. C'étaient des animaux corpulents, féroces comme des lions en bronze.

Visitación est descendue du pick-up, une pelle à la main.

— Laisse-moi passer, sale Indien. J'accompagne un couple qui est venu enterrer ses enfants. – Elle a dévisagé Aurelio de la tête aux pieds –. Vous vous habillez toujours aussi bien pour faire les commissions d'Abundio, monsieur le maire ?

— Un peu de respect, ma chère. Je représente l'autorité.

— Abundio, c'est pas l'autorité. Il en use et en abuse, c'est pas la même chose.

Aurelio a porté la main à son visage plein de sueur.

— Vous ne pouvez pas continuer à utiliser ce terrain. – Il s'est essuyé le front avec un mouchoir –. Ce cimetière est illégal, vous le savez très bien.

— Je n'ai de comptes à rendre à personne, et encore moins maintenant. Laissez-moi passer !

Angustias a pris les boîtes des mains de son mari et s'est plantée à côté de Visitación. Salveiro les a suivies en traînant les pieds.

Le plus grand chien s'est dressé sur ses pattes arrière en montrant ses crocs aiguisés et ses gencives noires. Les deux autres grognaient, excités par les aboiements du premier.

— Un peu de respect pour les morts, Aurelio ! a crié Visitación. Et toi aussi, Críspulo ! Reprends ces animaux !

L'homme de main a relâché la chaîne et le berger allemand s'est approché un peu plus. Visitación a avalé sa salive. Elle avait peur, et Aurelio Ortiz aussi.

— Encore un pas et je laisse ta tête dans un état pire que celle de ton père ! – Elle a levé la pelle –. Ne m'oblige pas à faire ce que je ne veux pas faire, dégage de là !

Críspulo était aux anges : il s'amusait. Aurelio n'arrivait toujours pas à évaluer si sa brutalité était innée ou si elle était due à la demi-bouteille de gnôle qu'il avait descendue en route. L'alcool aidant, l'homme de main se comportait comme ses chiens.

Les choses tournaient mal, et le maire s'en rendait compte, mais il est resté à observer, impuissant, incapable de contrôler quoi que ce soit. Angustias Romero a fait quelques pas et s'est arrêtée face à lui, les boîtes dans les mains.

— Laissez-moi passer.

Aurelio a remis ses lunettes de soleil sur son nez. Ce n'était pas le soleil qui l'aveuglait, mais la honte.

— Laissez-moi passer, a-t-elle répété sans hausser la voix, en s'adressant cette fois à Críspulo.

— Angustias ! Viens ici ! – Salveiro tentait de la prendre par le bras.

— Lâche-moi ! – Elle l'a repoussé.

— Laisse-la, Simplet. – Visitación a baissé la pelle et a attendu, les mains posées sur le manche.

Un sourire tordu s'est dessiné sur le visage de Críspulo.

— Rien ne vous en empêche, madame. Vous pouvez avancer, essayez donc…

La chaîne tendue avait blessé le cou du berger allemand. Angustias s'était mise à avancer, comme si ces hommes n'étaient que des fantômes qu'elle pouvait traverser, rien qu'avec sa douleur et sa détermination. Le chien s'était jeté sur elle, mais Críspulo le retenait en tirant sur la chaîne.

Angustias l'a regardé froidement, comme si elle l'observait depuis un endroit très lointain. Sans le quitter des yeux, elle s'est agenouillée sur le sable, les boîtes dans les mains, et s'est mise à chanter à tue-tête une berceuse avec laquelle elle endormait ses enfants de l'autre côté de la sierra :

Fais dodo, mon petit,
je dois te laisser là,
partir laver tes draps, préparer ton repas…

Sa voix a ricoché contre Aurelio avec toute la force de son chagrin. Le maire s'est tourné vers Críspulo, qui retenait la chaîne de ses mains griffues. Le berger allemand a baissé les oreilles, a replié ses pattes arrière et baissé son museau. Il avait flairé la douleur.

Fais dodo, mon petit,
fais dodo, mon joli,
fais dodo, mon petit cœur chéri.

Le maire est parti en courant, la queue entre les jambes, pour laisser derrière lui l'homme qu'il était en train de devenir.

Críspulo a tiré de nouveau sur la laisse pour exciter les animaux, mais ils ne lui ont pas obéi. Tout à coup, ils ressemblaient tous les trois à ces chèvres qui paissent dans les décharges de Las Tolvaneras.

L'homme de main a fait demi-tour et il est reparti vers la Mitsubishi. Il a attaché les chiens à la barre en fer du coffre et a attendu, assis sur le pare-chocs.

Aurelio Ortiz s'est approché d'Angustias, qui a relevé son visage couvert de poussière et l'a regardé droit dans les yeux.

— Je veux enterrer mes enfants, rien de plus.

Soulevé par le vent, le sable tourbillonnait. Encore à genoux, elle a serré les boîtes encore plus fort contre elle et s'est remise à chanter :

Fais dodo, mon petit,
je dois te laisser là,
partir laver tes draps, préparer ton repas…

Sa voix était le seul arbre qui donnait un peu d'ombre.

J'ai entendu ma propre voix comme si c'était celle d'une autre femme. Elle est sortie de ma bouche poussée par le caillou de rage coincé dans ma gorge. J'ai chanté pour le faire sortir. Le sable du cimetière avait couvert mes joues au point de former un masque sur mon visage déchiré de pleurs. Les yeux me brûlaient, comme si je pleurais des larmes de vinaigre.

Plus je vidais ma poitrine, plus grande était ma furie : contre le virus, contre Salveiro, contre Dieu et les hommes qui me barraient la route. Et même si les chiens de l'homme de main ont grogné à mes oreilles, je n'ai pas reculé. Cela m'était égal qu'on m'arrache les lèvres à coups de crocs. À mon tour, je les aurais mordus pour protéger mes enfants. S'ils nous traitaient comme des bêtes, je me défendrais comme une bête. C'est ce que j'ai appris sur le chemin qui m'a conduite jusqu'ici. J'ai pris les enfants sous mon corps et j'ai plongé la tête dans le sable ; je l'ai fait parce que j'avais peur et que je voulais que ça n'arrive plus jamais.

Ma voix était une arme, une massue. Et plus forte serait ma chanson, plus ferme serait mon corps pour lutter contre eux. Ils m'avaient tout pris, sauf la rage. Si je ne pouvais pas acheter une tombe, j'étais prête à mourir pour en trouver une.

Cette terre n'était pas la mienne, mais c'était une terre. Je me suis habituée à elle, parce que sur les chemins que nous avions parcourus jusqu'à la frontière, elle s'était collée à ma peau comme si quelqu'un l'avait jetée sur moi avant l'heure. Je ne deviendrais jamais poussière, parce que je n'étais déjà que poussière.

J'avais mal aux oreilles et à la gorge à force de retenir mes pleurs. Quand il reste à l'intérieur, le cri râpe. C'est comme un oiseau qui se cogne contre les murs en cherchant une fenêtre pour s'envoler. Ressuscité de ses fièvres, Salveiro s'est jeté sur moi pour me protéger. Je n'ai même pas pris la peine de le repousser. Il était réduit à ça : un poids mort.

L'homme qui prétendait être le maire a essayé de me prendre par le bras, faisant mine de me consoler. Je ne voulais pas de sa compassion : seulement enterrer mes deux enfants. Combien de temps s'est écoulé, à quel moment le soleil s'est-il couché, je n'en ai aucun souvenir ; je sais seulement que, quand j'ai relevé la tête, Visitación a essuyé mes lèvres couvertes de sable avec un mouchoir. Les chiens n'étaient plus là.

Un nuage gris a envahi le ciel, annonçant l'orage. Visitación s'est dépêchée de gâcher le mortier avant l'averse. Alors Salveiro a pris la boîte d'Higinio et moi celle de Salustio. Nous les avons mises dans une niche faite de blocs de ciment. Debout face à la sépulture, j'ai vu défiler des vies qui auraient pu durer plus longtemps.

Où allaient se retrouver mes enfants une fois qu'on aurait scellé leur tombe ? Mon odeur allait-elle leur manquer ? Leurs cicatrices allaient-elles se refermer dans la pénombre ? Allaient-ils renaître dans un endroit où je pourrais les rejoindre un jour ? « Ma pauvre Angustias, tu as été bien naïve de croire qu'ils allaient pouvoir vivre », me suis-je dit.

Des rares cheveux qui me restaient j'ai coupé quelques mèches, quelques boucles à peine que j'ai laissées à l'intérieur de la tombe. Un seul cheveu suffirait pour qu'ils puissent trouver le chemin vers le monde où j'allais les attendre.

Visitación a passé l'enduit avec une spatule et a égalisé les joints avec une taloche, tout en surveillant le ciel. Pour identifier la niche, elle a brisé une branche de dividivi en deux. Je l'ai donnée à Salveiro, pour qu'il inscrive lui-même les prénoms sur le ciment frais, mais il n'a pas voulu le faire. Alors je l'ai fait à sa place.

L'odeur de terre mouillée s'est répandue dans le cimetière et les premières gouttes sont tombées sur le sable, lourdes. Nous avons à peine eu le temps de nous réfugier sous un hangar rempli de planches, de faux et de pelles. La pluie s'est abattue violemment, emportant avec elle la mauvaise odeur des chiens et effaçant les lettres fraîchement inscrites sur les niches de nos enfants.

Visitación nous a laissés passer la nuit sur place. Nous n'avions nulle part où aller.

— Je reviens demain. Fermez bien toutes les portes. Il y a parfois des crapules dans le coin.

Elle est partie en direction de Mezquite en soulevant la boue des flaques avec les roues du pick-up. Las Tolvaneras n'étaient plus qu'un terrain boueux. Mon corps était plus endolori que le jour de mon accouchement, mais ma traversée était enfin arrivée à son terme.

La lumière des éclairs m'a réveillée et je me suis rendu compte que la place de Salveiro sur la paillasse était vide. J'ai pris la machette qui pendait au mur et je suis sortie le chercher. Le terrain vague était inondé et la pleine lune se reflétait dans les flaques d'eau terreuse.

— Salveiro ! Salveiro !

Je l'ai cherché dans le hangar ; il n'y était pas. Puis dans la remise ; rien. Sous les dividivis ; non plus. Je l'ai trouvé agenouillé devant la tombe des enfants, un marteau à la main.

— Mais qu'est-ce que tu fais ?

Sans faire attention à moi, il a asséné un coup sur la tombe encore fraîche. Alors seulement il s'est retourné, m'a regardée, les yeux pleins de défi, et il a recommencé à frapper.

— Je vais les prendre avec moi ! Toi et cette sale bonne femme, vous voulez m'enlever mes enfants ! Espèces de voleuses !

— Mais tu voulais les laisser à la morgue ! Si ça n'avait tenu qu'à toi, ils auraient fini dans une décharge.

— C'est à cause de toi qu'ils sont morts ! Je te l'avais dit : il ne fallait pas faire ce voyage ! Mais tu t'es entêtée !

— Ils seraient morts de toute façon, même si on était restés.

— C'est pas vrai ! C'est ta faute ! Tu voulais qu'ils meurent en route, pour ne plus avoir à les porter !

— Salveiro, tu es malade, et tu ne sais plus ce que tu dis.

— Ce que je sais, c'est que tu t'es entêtée, que tu ne voulais qu'une chose, partir, et tu les as tués… – Il a fait une pause, épuisé –. Moi aussi j'ai le droit de décider où on doit les enterrer ! Ce sont encore mes enfants, non ?

— Si tu recommences avec ce marteau…

Il a donné un autre coup.

— Quoi, tu vas me tuer à coups de machette ? m'a-t-il défiée.

J'ai brandi l'arme.

— Lâche ce marteau !

Il a donné un autre coup. Puis un autre.

— Il faut que je libère les enfants. Tu ne pourras pas me les voler !

Un nouvel éclair a éclaboussé les nuages d'une lumière blanche.

— Salveiro, arrête !

J'ai baissé la machette, mais il continuait de donner des coups de marteau tout en pleurant comme un enfant.

— Ils sont morts, Salveiro. Et ce n'est pas moi qui vais t'enterrer.

Je suis repartie vers le hangar, j'ai pris le sac à dos avec ses affaires et je l'ai laissé dans le patio. J'ai refermé la porte à clef et je me suis allongée sur la paillasse, la machette encore dans la main. La lueur d'un éclair a traversé le ciel noir. Quand le tonnerre a éclaté, mes yeux étaient déjà fermés.

Pendant trois jours et trois nuits j'ai dormi sous les dividivis, ces arbustes maigres, torturés et déplumés. Mon corps me faisait mal ; il était brisé par l'effort et la fatigue. J'ai bu au robinet de la remise et je suis retournée m'allonger à l'ombre. Je dormais du matin au soir, même quand j'étais éveillée.

La lumière était la seule chose qui indiquait combien de temps s'était écoulé depuis le départ de Salveiro. La troisième nuit, j'ai rêvé de lui ; je me suis réveillée en criant et en appelant les bébés. C'est Visitación qui m'a réveillée. Je l'ai reconnue grâce à son foulard bariolé et à cette couronne de guêpes qui la suivait partout.

— Et Simplet ?

— Il est parti.

Il y a eu un silence.

— Et toi, quand est-ce que tu t'en vas ?

Je n'ai pas répondu. Moi je ne voulais qu'une chose : dormir, me reposer auprès de mes enfants, rester là jusqu'à prendre racine comme n'importe quel arbre de Las Tolvaneras. Qu'on me laisse tranquille, qu'on me débranche, qu'on m'éteigne comme une lampe.

— Bois, ça va te faire du bien. – Elle m'a tendu une tasse de café –. Il est bien sucré.

J'ai eu du mal à me redresser ; mon corps pesait comme une pierre tombale.

— Tu n'as rien mangé, pas vrai ? Je suis venue trois jours de suite et chaque fois je t'ai trouvée endormie. – Elle a approché la tasse de mes lèvres –. Avale… Une fois que tu auras bu ça, je t'emmène au village.

— Je veux rester ici.

— Mais où ? Il n'y a pas de place pour toi ici. Il faut que tu te débrouilles toute seule.

— Je peux travailler pour vous.

— Je n'ai pas besoin de toi, et même si c'était le cas, je n'ai pas de quoi te payer. – Elle a soupiré –. Tu ne t'y connais pas en morts, et tu n'as même pas assez de force pour tenir une pelle.

— Mais bien sûr que si !

Le café était dense et liquoreux, bien chargé et bien sucré. Je l'ai senti descendre dans ma gorge.

— Je peux faire tout ce que vous me direz. Laissez-moi rester.

— Ici il n'y a que des tombes.

— Ça ne me dérange pas.

Il n'y avait rien à ajouter. À moins qu'elle ne me chasse, je ne bougerais pas de là.

— Si tu veux rester, il va falloir que tu travailles.

— Par où je commence ?

Visitación a éclaté de rire, elle a ri à gorge déployée.

— Mais que tu es bêêêête ! Ma pauvre petite bourrique empotée ! La faim te fait délirer… Tu ne sais plus ce que tu dis ! Non mais tu as vu ces bras maigrichons ? Tu n'as même pas la force de faire un trou dans le sable.

— Je veux rester avec vous.

— Ce n'est pas si facile. Les choses ne se font pas sur un coup de tête et on devrait se mettre d'accord sur deux ou trois points, d'abord. – J'ai fait oui de la tête –. Ici les morts, c'est sacré. On les laisse tranquilles et on ne les insulte pas. Je les rends à la terre dans le plus grand des respects. Et je veux que tu fasses comme moi.

J'ai pris la tasse et j'ai bu une autre gorgée de café chaud.

— Nous, on est comme les pleureuses. On enterre pour que les gens puissent reposer en paix… – Visitación m'a regardée droit dans les yeux –. Et pourquoi tu veux rester ici ?

— Je veux rester auprès de mes enfants.

— C'est tout ?

— Ça ne vous semble pas suffisant ?

— Je ne sais pas… Peut-être que tu n'as pas de papiers, ou que tu as des dettes. Ou que ton mari en a.

J'ai fait non de la tête.

— J'ai deux enfants morts, c'est tout.

Elle m'a dévisagée, à la recherche d'un rictus, du moindre petit signe auquel s'accrocher pour m'ordonner de partir. Sans même me dire au revoir, elle a marché vers le hangar, a jeté un coup d'œil sur les niches et a grimpé dans le pick-up. Je ne l'ai pas vue s'éloigner, un sommeil profond s'est abattu sur moi et m'a plaquée au sol. Je me suis dissoute comme une motte de terre emportée par la brise de Las Tolvaneras.

Le lendemain matin, Visitación est revenue avec une paire de bottes en plastique.

— Si tu as l'intention de rester, tu vas en avoir besoin. – Elle a posé les chaussures –. Tu as une question ? – Elle me regardait en silence –. Est-ce que tu as une question…

— Les chiens vont revenir ?

Mes enfants n'ont pas ressuscité et mon ventre est devenu sec comme de la vieille carne. Je me suis asséchée comme une liane et j'ai pris racine dans cette terre sableuse sous laquelle dormaient, bordés dans deux boîtes à chaussures, les seuls êtres que j'avais aimés.

Visitación m'ignorait. Parfois elle me chargeait de menues tâches, mais rien de trop compliqué, et rien qui puisse gêner son travail. « Prépare du café, apporte-moi la pelle, coupe ces branches, va chercher ces pierres. » Elle sifflait les s en les aspirant et en accentuant la dernière voyelle des mots d'un coup de fouet autoritaire.

Elle n'avait pas d'horaires fixes. Elle pouvait venir trois ou quatre fois dans la même journée tout comme elle pouvait disparaître jusqu'à la nuit tombée. La plupart du temps, elle était accompagnée des familles des défunts; parfois elle était seule. Moi ça m'était égal. Pourvu qu'elle me laisse vivre dans l'annexe, à côté du hangar, c'était bien suffisant. Si pour une raison ou une autre elle passait la nuit à Las Tolvaneras, je lui laissais la paillasse et je dormais dans le hamac.

Visitación était incapable de se faire discrète. Elle descendait du pick-up en exhibant ses hanches et ses cuisses vigoureuses. Elle chargeait les corps toute seule et les préparait pendant des heures. Elle s'arrêtait à peine pour se reposer. Elle buvait des mélanges de poudres revigorantes, tirait une ou deux fois sur sa cigarette et reprenait le travail.

Moi, je survivais avec presque rien. Je mangeais ce que je parvenais à cuisiner sur le réchaud, et tant qu'il y avait un robinet d'eau pour me désaltérer et faire du café, tout était parfait. Je me suis efforcée de tout maintenir en ordre, de nettoyer les tombes et de me faire une place dans ce cimetière. Si je voulais gagner le droit de rester auprès de mes enfants, j'allais devoir travailler.

Les premières semaines, j'ai gâché du ciment jusqu'à l'épuisement. C'était une façon d'atténuer la haine contre un Dieu qui nous tuait à coups de faim et d'amnésie. Si les hommes de Mezquite drainaient leur haine à coups de machette, moi je le faisais avec mes mains. Grâce à elles, je livrais ma propre guerre et je combattais les démons qui grandissaient à l'intérieur et à l'extérieur de moi.

J'ai préparé des montagnes de mortier, le retournant régulièrement pour éviter qu'il ne durcisse. Quand elle en avait besoin, Visitación remplissait un seau de ciment et repartait sans répondre à mes salutations. Quand elle était fatiguée de déplacer des blocs et d'enterrer des morts, elle fumait une cigarette à côté des clôtures puis retournait à sa tâche.

— Vous avez besoin d'aide ?

Elle ne me prêtait pas attention, comme si j'étais un de ses morts. Elle me faisait penser aux femmes enjouées de la côte orientale. Elle était volontaire et coquette. Elle ne dénouait jamais le foulard qu'elle portait sur la tête, pas plus qu'elle ne renonçait aux leggings bigarrés qui soulignaient ses courbes. Et puis ces guêpes, un halo qui la couronnait dans son royaume de tombes.

Visitación parlait au téléphone à grands cris, comme si hurler pouvait améliorer le réseau dans ce coin perdu, au bout du monde. Elle était imprévisible et volubile. Parfois elle vous envoyait promener avec brusquerie, d'autres fois elle prenait congé, mielleuse, à grand renfort de bénédictions.

— Ne t'inquiète pas, mon chou, j'arrive tout de suite, disait-elle, l'appareil à la main.

Elle avait un amoureux qu'elle appelait sans cesse. Il travaillait au cimetière municipal : c'est ce que j'ai déduit parce qu'elle s'enquérait du moindre détail de ce qui s'y passait.

Une fois elle m'a surprise en train de l'épier.

— Qu'est-ce que tu regardes ? Occupe-toi de tes affaires ! Va plutôt faire du mortier !

Je passais mes journées à ça, à mélanger de la chaux et du ciment avec une pelle et à monter la garde face à la tombe de mes jumeaux. Après avoir réparé les dégâts des coups de marteau de Salveiro, j'ai nettoyé la pierre tombale et j'ai planté quelques graines pour qu'ils aient au moins quelque chose de vivant auprès d'eux. Elles n'ont jamais fleuri.

Je n'étais pas disposée à m'en aller ni à regagner la sierra orientale. Je n'y avais plus rien. Ici, au moins, reposaient mes souvenirs. Parfois, au loin, j'entendais les chiens aboyer.

Un homme est descendu d'une Chevrolet bleue, a pris congé du conducteur et a marché jusqu'au portail. Il était seul, ce qui m'a rassurée, mais j'ai gardé un œil sur lui. Il n'avait pas l'air d'être un homme de main du maire, ni un marchand de ferraille. Il était jeune et il portait un bermuda et des sandales.

— Hé vous, qui êtes-vous ? ai-je crié en brandissant la pelle.

— Qu'est-ce que tu dis ?

Il a porté la main à son oreille.

— Qui êtes-vous, je vous dis. Qu'est-ce que vous voulez ?

— Je suis Víctor Hugo…

Visitación est sortie de la remise en se dandinant.

— Mon chou…, mais pourquoi tu n'es pas au boulot ? Attends deux secondes : je prends mes affaires et on y va.

— Tu me présentes pas à la dame ?

— Elle s'appelle Angustias. Elle est de passage, en attendant de trouver où aller, pas vrai ma fille ?

Víctor Hugo attendait qu'elle le présente comme son fiancé, mais ça ne lui est même pas passé par la tête.

— Qu'est-ce que tu fais là à attendre, Víctor Hugo ? On y va, l'heure tourne !

Avant de monter sur le siège conducteur, Visitación s'est tournée vers moi.

— Je vais à Cucaña acheter du ciment et rendre des pelles qu'on m'a vendues en mauvais état. Víctor Hugo ne peut rien porter parce qu'il a une hernie et je ne peux pas déplacer tous les sacs toute seule…

— Je peux vous aider, ai-je proposé.

Elle a indiqué l'espace à l'arrière d'un geste des lèvres.

Je me suis empressée de grimper à côté de la roue de secours, dos à la cabine. Víctor Hugo a fait un commentaire dans un filet de voix que j'ai à peine pu distinguer. Visitación est devenue furieuse.

— Tu veux de l'argent, encore ? Tu ne serais pas en train de parier aux combats de coqs ? Elle a fermé la vitre de la cabine pour que je ne les entende pas, mais elle parlait si fort que ça ne servait pas à grand-chose. J'ai essayé de tendre l'oreille. L'homme marmonnait, recroquevillé sur son siège. Chacune de ses répliques faisait empirer l'humeur de Visitación.

— Écoute-moi bien, Víctor Hugo, je ne suis pas aveugle ! Tu dépenses tout ton fric à faire la bringue ! Je n'ai pas vocation à être ton porte-monnaie ni ton placard ! Je vais te le dire comme je le pense, pour que ce soit bien clair ! Je ne vais pas te prêter un centime de plus et tu ne crècheras plus chez moi ! Je t'avais prévenu dès le début. Moi je veux être ta *mamita*, pas ta maman !

Víctor Hugo n'a plus ouvert la bouche jusqu'à Mezquite. Il est descendu du pick-up en faisant la tête, mais Visitación est restée droit dans ses bottes.

— J'ai dit ce que j'avais à te dire. Ne me raconte pas d'histoires. Ici, c'est moi qui décide, c'est bien clair ?

— Visitación, ma princesse, laisse tomber ce mec et viens plutôt avec moi ! a crié un jeune homme à moto.

— Attention, tu vas faire tomber tes commissions, mon petit. Et un peu de respect : les enfants ne se mêlent pas des conversations des grands ! – Elle prenait un air indigné, mais elle adorait se faire draguer. Les mots des hommes la rendaient belle.

Elle ne faisait pas attention à moi, et heureusement. J'avais pris les bidons vides en essayant de tous les porter, mais j'en ai fait tomber un.

— Attends, Angustias, à deux c'est moins lourd. – Elle s'est tournée vers son fiancé, cinglante –. Et toi, file au cimetière, parce que après le curé va encore dire que c'est à cause de moi que tu ne fais rien !

— Tu ne me déposes pas ?

— Non, mon grand, tu vas y aller à pied. *Mamita* est occupée. Ça ne se voit pas, mon cœur ?

Visitación a ajusté le foulard qui lui couvrait la tête, elle a remonté son legging et a traîné le bidon à deux mains.

— Dépêche, Angustias ! Ensuite il faut aller chercher du ciment !

— Si je reste vous aider à porter les sacs, tu m'emmènes au cimetière ? a insisté Víctor Hugo.

— Non, mon grand. Je n'ai plus besoin de toi, pas pour ces trucs-là. À la revoyure, mon chou ! – Et elle a lâché un éclat de rire.

Aurelio Ortiz n'avait jamais vu Abundio traiter quelqu'un comme Críspulo. C'était l'homme de main chargé de ses chiens, son bras droit pour le négoce des combats de coqs et pour bien d'autres trafics, mais il avait mis du temps à les lui confier. Il avait du mal à cerner son caractère et il a profité de l'épisode de l'âne pour le mater.

Tout le monde savait ce qui s'était passé et tous répétaient l'histoire en l'assaisonnant de détails exagérés. Pour les uns, c'était le démon qui l'avait poussé à agir ainsi ; pour d'autres, il était possédé par l'esprit de son père décapité. « Sale gamin », « mauvais chrétien », « c'est le diable en personne », murmurait-on dans son dos. Críspulo était cruel, et ça plaisait à Abundio, mais il n'était pas sûr qu'il soit de son côté. Alors il a décidé de le mettre à l'épreuve.

— Avec les Indiens, on n'est jamais sûr de rien, avait-il dit à ses hommes quand ils lui avaient raconté l'histoire des coups de machette. Les types comme Críspulo, il faut leur montrer qui commande et de quel côté ils ont intérêt à être.

En rentrant de Sangre de Cristo, où il retrouvait les éleveurs de coqs, les guérilleros et les sicaires qui travaillaient pour lui, le vieux a donné congé à Reyes et à ses gardes du corps puis il est parti chercher Críspulo. Il l'a trouvé dans la remise. C'était déjà un jeune homme, mais il continuait à se comporter comme un enfant sauvage.

Accroupi, Críspulo grattait la terre avec un bâton pour en sortir des vers de terre ; il les titillait un bon moment puis les portait encore vivants à sa bouche, pour les aspirer comme des spaghettis terreux. Le vieux, le fusil à l'épaule, l'a pris par le bras et, en le serrant contre sa Winchester, l'a conduit dans la salle à manger.

Il lui a essuyé la bouche et l'a assis à table. Il a fait en sorte que tout le monde les voie. Comme ça, au passage, il donnerait une bonne leçon à sa femme quand elle apprendrait que l'homme de main qui la dégoûtait tant avait mangé dans ses assiettes. Et avec un peu de chance, elle s'en irait une bonne fois pour toutes et resterait hors de sa vue.

Críspulo n'avait jamais mangé sur une nappe et il ne savait pas tenir une fourchette. Jusqu'à ce jour, il avait mangé dans le chenil en prenant des boulettes de riz avec les doigts. Parfois, par compassion, on lui apportait un plat avec les restes des employés, qu'il mangeait directement dans la gamelle, tout comme les bergers allemands.

Il avait grandi en buvant à même l'écuelle de la *mazamorra*, une bouillie de maïs pleine de grumeaux. Il n'avait jamais vu une serviette, et encore moins des galettes aussi blanches et tendres que celles qu'Abundio lui avait fait servir, fourrées au fromage et accompagnées de haricots noirs, de viande et de banane plantain frite.

— Si tu as si faim, mange donc, lui a-t-il ordonné en pointant l'assiette.

Críspulo semblait se méfier. Il a pris la galette des deux mains et a mordu dedans.

— Tu prends bien soin des chiens ?

Le garçon a avalé la boule de fromage, de beurre et de farine à grand-peine. Il l'a sentie se mettre en travers de sa gorge et s'est frappé la poitrine. Il a fourré les haricots noirs dans le reste de la boulette et l'a avalée sans boire une goutte d'eau.

— On m'a dit que tu sais manier la machette et que tu traites mes chiens comme des princesses.

Le vieux a embroché un morceau de banane frite avec la fourchette et l'a mis dans sa bouche en l'obligeant à manger. L'autre a mâché goulûment.

— Mange, mange bien. – Abundio a froncé les sourcils –. On m'a aussi raconté que tu as tué un âne à coups de machette. Qu'est-ce que tu me dis de ça ?

Críspulo a cessé de manger.

— Ne fais pas le muet, je sais que tu parles…

Il lui a serré les mâchoires fermement.

— Tu as tué mon meilleur animal de trait… – Il a enfourné la banane entière dans sa bouche –. Ici, le seul qui peut tuer, c'est moi.

Le garçon a toussé ; il s'étouffait.

— Avale, sale vermine ! – Il a enfoncé la fourchette un peu plus –. Moi, je t'ai toujours traité comme un fils, je t'ai donné un toit, de quoi manger et un travail. Et c'est comme ça que tu me remercies, en tuant mes animaux ? Mange, bon sang !

Críspulo a fait mine de vomir.

— Tant que tu ne termines pas ton assiette, tu ne te lèves pas.

Il l'a renversé sur la table et a baissé son pantalon jusqu'aux genoux. La braguette ouverte, tenant l'homme de main par les hanches, il lui a donné plusieurs coups de boutoir. Couvert de terre et de sperme, Críspulo a grogné, la banane encore dans la bouche.

— Tiens, tiens, tiens ! – À chaque ordre, Abundio donnait une charge.

Ses petites affaires terminées, il a remonté sa braguette et il est sorti dans la cour en martelant le sol de ses bottes. Dans la pénombre, allongé sur la table, Críspulo a vomi une bouillie de vers de terre et de haricots. Dans le hangar, les chiens aboyaient, attachés à un corossolier.

À Mezquite, tout le monde parlait d'Angustias Romero. Les vendeurs du marché l'appelaient « l'assistante de Visitación ». Ils disaient qu'elle était devenue folle après la mort de ses enfants et que c'était pour ça qu'elle était restée à Las Tolvaneras. Aurelio Ortiz a voulu savoir si ce qu'on racontait était vrai et il est allé à la station-service de Mezquite où Angustias se rendait toutes les semaines.

Il l'a trouvée facilement : elle essayait de pomper de l'essence avec un tuyau, avant de la recracher dans un bidon en plastique. Quand elle a senti la présence d'Aurelio Ortiz, elle a avalé une gorgée de combustible et s'est mise à tousser.

— Mais qu'est-ce que tu fais, ma belle ?

Elle l'a repoussé en agitant les mains, mais l'étourdissement a pris le pas sur son énervement. Le maire l'a tenue fermement et lui a donné des tapes dans le dos jusqu'à lui faire expulser une bave rougeâtre dans le sable.

— Mais laissez-moi ! – Elle s'est redressée.

Même asphyxiée, Angustias Romero ne baissait pas la garde. Bien que désorientée, elle semblait plus forte encore et plus entêtée. Quand sa toux s'est arrêtée, elle a regardé tout autour d'elle, sur la défensive.

— Si vous ne savez pas transvaser de l'essence, ne faites pas n'importe quoi ! Vous auriez pu vous empoisonner !

— Tenez vos chiens ou je fais un malheur !

Aurelio Ortiz a soupiré.

— Il n'y a pas de chiens ici, alors tenez-vous tranquille et calmez-vous une bonne fois pour toutes.

Il a ouvert la cabine de la Range Rover et l'a allongée sur le siège. Elle a progressivement retrouvé ses couleurs, et ce regard de glace qu'elle lui avait adressé la dernière fois, à Las Tolvaneras.

— Reyes, viens ici !

Le chauffeur s'est approché, le Glock à la ceinture.

— Cache ton arme, Reyes, a dit le maire en baissant la voix. Monte dans la voiture de madame et suis-moi.

— Moi, avec vous, je n'irai nulle part. – Angustias s'est remise à tousser.

— Taisez-vous ! a grondé Aurelio. Et pour une fois, faites ce qu'on vous dit !

On l'a examinée au dispensaire du village sans trop lui prêter attention. Beaucoup étaient en bien pire état qu'elle et ne bougeraient bientôt plus. Un bon verre de lait et ça lui passerait.

— Personne n'est mort pour avoir avalé une gorgée d'essence. – Le médecin a esquissé un sourire malveillant –. Dans le pire des cas, elle aura une bonne indigestion et elle fera des rots pleins de vapeur. À condition qu'elle ne fume pas, tout ira bien et dans deux jours elle n'aura plus rien.

Angustias s'est levée du brancard, a arrangé ses cheveux

et s'est redressée comme si, à la place du combustible, elle avait avalé un piquet.

— Angustias, attendez. – Aurelio a essayé de la retenir, mais elle a filé sans se retourner.

Le maire est resté immobile, sonné, cloué aux dalles du dispensaire, un mouchoir à la main. Les ricanements du médecin et de l'infirmière l'ont sorti de sa torpeur.

— Bien le bonsoir et merci pour votre temps, a-t-il dit tout à coup pour prendre congé.

Quand il s'est retrouvé dans la rue, Angustias avait disparu. Elle avait arraché les clefs des mains de Reyes et était partie, furibarde. Lorsque le maire a voulu la rattraper, il était déjà trop tard. Elle avait tourné à droite à l'angle de la rue principale, à toute vitesse, en direction de la nationale.

— Don Aurelio…

— Quoi encore, Reyes ?

— Je vous ramène chez vous pour que vous vous changiez ? – Le chauffeur l'a regardé de la tête aux pieds. Son pantalon était maculé d'un amas de boue et d'essence. Aurelio a soupiré, ridicule, sous le soleil infernal de midi.

Jairo Domínguez prétendait connaître tous les villages de la sierra. Il disait avoir vécu dans vingt-quatre des vingt-cinq villages qui avaient été fondés jusqu'alors. Il les avait parcourus, l'un après l'autre, en jouant d'un accordéon que son grand-père allemand lui avait laissé pour tout héritage et avec lequel il rappliquait à la moindre fête ou veillée funèbre qui avait lieu entre Sangre de Cristo et le sud de la région.

La richesse que la Providence n'avait pas donnée à Jairo était largement compensée par son oreille et son bagout. C'était un beau métis, élancé et aux cheveux clairs. Il avait de grands yeux verts, des étoiles serties comme des émeraudes dans un visage à la peau couleur cannelle. Il aimait bien boire et il connaissait toutes les chansons : celles des montagnards tout comme celles des marins. Quand il allait sur la côte, il se mettait à improviser *corridos, joropos* et *cumbias,* dont les paroles égrenaient des histoires d'infidélités, de peines de cœur et de retrouvailles, et toutes les affaires de linge sale qui lui passaient par la tête. Même Abundio n'était pas épargné par l'humour noir de ses rimes. Il l'appelait « le bien-armé ». Il l'aimait bien ce surnom, le vieux. Raison pour laquelle il n'a jamais donné l'ordre de lui tirer une balle dans la tête.

D'après ce que Jairo racontait à qui voulait bien l'écouter, le père de son père était arrivé dans la sierra occidentale depuis Berlin pour fuir une guerre dont il n'avait jamais entendu parler. Personne, à Mezquite, ne croyait à cette histoire. « Jairo, allemand ? Mais il a un nom plus tropical qu'un sac en toile de jute et sa peau est plus dorée que la terre cuite ! »

Qu'on le croie ou non, ça lui était bien égal. Lui, la seule chose qui l'intéressait, c'étaient ses chansons. Tout le monde à Mezquite les connaissait par cœur, non parce qu'on les aimait mais parce que tous cherchaient à y décoder l'allusion à un événement personnel.

Les hommes et les femmes du village l'attendaient dans l'auberge du marché, tenue par un Libanais maigre et pâle qui servait des cafés et de l'eau-de-vie derrière un pauvre comptoir. C'était une cantine noircie où se rendait le musicien pour manger des biscuits trempés dans du *ponche*, un breuvage à base de café, de sucre, de cannelle et de gnôle. Les amateurs de ragots lui payaient un verre de ce qu'il était en train de boire, une sorte de mécénat prodigué par les amants dépités et les lâches.

J'ai fait sa connaissance peu de temps après mon arrivée à Mezquite, lors de la première veillée funèbre où m'a emmenée Visitación. Le lendemain, quand tout le monde aurait fait ses adieux, nous enterrerions le défunt à Las Tolvaneras.

Jairo s'est présenté chez la veuve avec un pichet d'eau.

— Prenez ça, ma chère..., pour que le mort n'arrive pas la bouche sèche dans l'au-delà !

Il a posé le pichet près du cercueil, que la famille avait placé debout face à la porte d'entrée d'une maison construite avec des briques d'aération. À l'intérieur du cercueil gisait le corps d'un homme vêtu d'un costume rapiécé, la tête enveloppée dans un torchon. On l'avait défiguré à coups de machette.

— Je suis venue parce que tu es mon amie, a dit Visitación à la veuve qui l'a embrassée en sanglotant.

— Tu es une sainte, ma belle, une sainte !

— Arrête ton char, lâche-moi, a grogné Visitación, gênée. Moi, ces veillées avec de la musique et tout le tintouin, je n'aime pas ça, ça finit toujours mal.

Et elle avait raison. En général, ça finissait à coups de machette.

— Ton mari était un brave homme, Ramona, mais la boisson l'a conduit droit à la tombe, a-t-elle dit en fronçant les sourcils. Fais-moi le plaisir de surveiller tout ce petit monde !

La veuve s'est plongée encore un peu plus dans ses sanglots, étrangère aux conseils de Visitación qui s'est tournée vers moi pour me donner des consignes.

— Toi, tu restes à côté de moi. Et pas une goutte d'alcool.

Visitación s'est assise près de la porte et s'est mise à attendre, en silence, jusqu'à ce que commence le premier mystère du rosaire.

La chaleur brûlait la peau des invités : des hommes et des femmes, plus attirés par la faim que par la peine. Dans les villages de la sierra occidentale, lors des veillées funèbres, on servait du bouillon de poule, du yucca frit et de l'alcool en abondance. Parfois, les amis du défunt, mais aussi les vendeurs du marché, offraient du poisson en saumure ou de la viande séchée. Ils le faisaient par compassion ou par remords.

Les sœurs du défunt ont orchestré les prières du début à la fin. Après avoir terminé les cinq mystères du rosaire, elles ont égrené les litanies auxquelles les invités répondaient de façon mécanique :

Sainte Marie,
prie pour nous.
Sainte Marie, mère de Dieu,
prie pour nous.
Sainte Vierge des Vierges,
prie pour nous.
Mère du Christ,
prie pour nous.
Mère de l'Église,
prie pour nous.
Mère de la divine grâce,
prie pour nous.
Mère très pure,
prie pour nous.
Mère très chaste,
prie pour nous...

Dans le patio, trois enfants poursuivaient un iguane qui était tombé d'un arbre. J'ai vu sa chute. En frappant le sol, son corps a fait le bruit d'une pierre enveloppée dans du caoutchouc. Les gamins se sont jetés sur lui pour le martyriser. Ils lui ont attaché les pattes avec de la ficelle et sont partis se cacher dans la remise.

À plusieurs reprises, ils l'ont piqué avec une branche. L'animal se débattait, inquiet. Ils ont aiguillonné son ventre couvert d'écailles et ont peigné sa crête, de haut en bas, avec des petits bouts de bois qui faisaient un bruit de fleurets fouettant l'air. Un des enfants a voulu perforer le ventre de l'iguane, mais le plus grand du groupe l'a poussé d'un coup et l'a mis à terre.

— Hé ho, du calme ! C'est moi qui l'ai vu en premier ! a-t-il dit sur un ton de défi.

En le prenant des deux mains comme si c'était une épée, il a enfoncé une tige dans un œil de l'animal, puis dans l'autre. Il les a perforés en prenant tout son temps, jusqu'à les vider complètement. Les fourmis, attirées par le sang, ont entouré son corps tandis que, sous le porche, les femmes continuaient de prier.

Sainte Vierge Marie,
prie pour nous.
Mère immaculée,
prie pour nous.
Mère adorée,
prie pour nous.
Mère admirable,
prie pour nous.
Mère du bon conseil,
prie pour nous.
Mère du Créateur,
prie pour nous.
Mère du Sauveur,
prie pour nous…

Le gamin a saisi l'iguane aveugle par la tête et l'a fait tournoyer dans les airs. Il était à lui, c'était lui qui avait eu l'idée de le faire tomber en lui lançant des cailloux. Il avait le droit d'en faire ce qu'il voulait et il l'a prouvé en lui clouant plusieurs chardons dans les tripes et en les écrasant du bout de sa chaussure.

Les autres ont essayé de le lui arracher des mains. Ce n'était pas juste, eux aussi voulaient jouer, mais l'aîné s'est défendu en donnant des coups de pied et en fouettant le sol avec l'animal. « Il est à moi ! Rien qu'à moi ! »

Vierge très sage,
prie pour nous.
Coupe d'éminente dévotion,
prie pour nous.
Rose mystique,
prie pour nous.
Tour de David,
prie pour nous.
Foyer d'or,
prie pour nous.
Arche de l'Alliance,
prie pour nous…

Je me suis approchée discrètement pour écouter ce qu'ils se disaient. Ce qui restait de l'iguane avait des spasmes d'agonie. L'enfant l'a pris violemment et l'a pressé comme un citron. Plus il appuyait, plus l'animal s'agitait, il était au désespoir, épuisé par cet interminable chemin de croix. Tous voulaient participer. Ils avaient contribué au supplice, c'était leur droit, mais ils se sont contentés de regarder. Personne n'osait tenir tête au chef de la bande. Ils l'ont détesté. Mais leur rancœur était plus ancienne et elle ne s'apaiserait pas, jusqu'à ce qu'ils puissent eux aussi tuer leur propre iguane.

Porte du Ciel,
prie pour nous.
Étoile du matin,
prie pour nous.
Santé des souffreteux,
prie pour nous.
Refuge des pécheurs,
prie pour nous.
Consolatrice des affligés,
prie pour nous.
Secours des chrétiens,
prie pour nous...

L'animal a cessé de remuer les pattes. Triomphal, le gamin a brandi le corps de l'iguane et l'a jeté aux pieds des vaincus. Il a grimpé dans le manguier du haut duquel il surveillait le patio. Il était escorté par le vol des vautours, qui laissaient tomber leurs plumes noires sur le sable. J'ai regagné la maison où l'on priait ; les autres enfants, humiliés et frustrés dans leur désir de tuer, m'ont suivie, ruminant leur rage et leur déshonneur.

À la fin de la neuvaine, les hommes se sont levés de leur hamac et se sont rassemblés pour jouer aux dominos. Les sœurs du mort ont débouché le pichet d'eau à côté du cercueil. Alors Jairo a pris son accordéon. Il a joué et enchaîné plusieurs morceaux. On lui en réclamait certains ; les autres, il les improvisait. Entre deux chansons, il s'envoyait dans le gosier de l'eau-de-vie de canne.

À l'écart, sous un arbre, les joueurs martelaient la table avec les dominos et improvisaient des vers pour gloser sur leurs coups. « Tiens, prends ça : double six, j'ai gagné ! », « J'ai le domino Tigre, tu ne peux pas me manger ! », « Hé hé, je t'ai bien coincé ! » criaient les vainqueurs en achevant la partie. Alors ils retournaient les dominos, les mélangeaient des deux mains et recommençaient à jouer.

Ceux qui remportaient la mise buvaient à pleines gorgées tout en amassant l'argent des paris. Ceux qui avaient beaucoup bu au début se mettaient à pleurer ensuite, et inversement.

D'autres levaient le coude et improvisaient des chansons que le musicien accompagnait à l'accordéon et avec deux maracas en noix de coco. Éloignées du groupe, à côté du cercueil, des pleureuses écoutaient Visitación qui citait l'Ancien Testament.

— « Fais appel à moi, et je te répondrai et je te révélerai de grandes choses que tu ignores. » C'est dans le troisième verset du Prophète, a-t-elle lu d'un ton grave et dramatique.

Les femmes l'ont regardée en faisant le signe de croix.

— Sois judicieuse, Ramona, et écoute bien les élus de Dieu… ! Apprends les enseignements de Jérémie, qui a bu le calice de la douleur, a-t-elle conclu, les mains levées.

Autour de nous, la nuit se consumait, entrecoupée par les rasades de gnôle, les chansons et les bagarres de ceux qui avaient trop bu. Un peu avant l'aube, la veuve s'est agenouillée devant le cercueil et, levant les paumes vers le ciel, elle a réveillé tout le monde avec ses cris.

— Jairo ! Il a bu toute l'eau ! Il a tout bu ! Il peut s'en aller en paix !

Le musicien n'a pas prêté attention à la femme, ni à la foule qui se bousculait, formant un chœur de curieux autour du pichet. Si, au bout d'une nuit entière, la chaleur avait contribué à évaporer l'eau, la gnôle avait fait de même avec le discernement de tous les convives, épuisés par les larmes et la fête.

— Le mort s'en va ! Le mort s'en va ! répétaient-ils.

— Encore une chanson, Jairo ! Une dernière pour lui faire nos adieux ! hurlaient-ils, tous en cercle autour du cercueil en bois.

Les habitants de Mezquite avaient décidé de croire aux miracles. Peu importait la foi tant qu'ils pouvaient se saouler, non pas de peine face à la mort, mais de soulagement d'être encore en vie. Jairo a pris la bouteille de gnôle, en a bu une gorgée et l'a recrachée. Puis il a aspergé le sable avec le reste pour dessiner une croix.

Visitación et moi sommes restées debout, les cordes et les pelles à la main, prêtes à emporter le défunt. Nous regardions Jairo mener la fête. Alors j'ai senti qu'une cloche de verre s'élevait au-dessus de nous.

C'est au marché de Cucaña que j'ai revu Jairo. Debout, au milieu des étals de pain et de poisson, il chantait l'histoire d'une femme que le vent avait transformée en statue de sel :

Tout le monde parle d'elle,
vêtue de noir elle va, grande est sa peine.
La belle a franchi la sierra sans un sou à peine
avançant, terrassée, l'âme en peine.
Les chiens des malfrats elle a combattus comme une chienne,
et bannie du monde de ceux qui vivent encore,
elle a élu domicile parmi les morts.

Quand je me suis approchée en tendant l'oreille, Jairo a cessé de déclamer, il m'a saluée en soulevant son béret rouge et a repris sa chanson au son de l'accordéon :

Elle venait de Sangre de Cristo
et à Las Tolvaneras elle a fini, sang du Christ.
Moi qui suis là, je signe et j'insiste,
je chante ce que j'ai vu à Mezquite,
et au nom de la vérité, bon sang, je persiste.

Personne ne faisait attention à moi, mais cela ne m'a pas empêchée de me sentir mal à l'aise. J'ai pris la fuite, me faufilant entre les étals couverts de poules égorgées et de poissons qui gisaient dans la glace sur des plaques métalliques.

Je me suis rendue à la coopérative me ravitailler en essence et en eau potable pour la semaine. J'ai traversé le secteur des camions en cherchant la jeune fille qui m'avait donné le numéro de téléphone de Visitación. Je ne l'ai pas trouvée. Toutes les filles de son âge se ressemblaient : leurs corps étaient des tas d'os. Elles souffraient plus de faim que mères et enfants réunis. Elles cherchaient de quoi survivre, affamées et misérables, et ça faisait peine à voir.

— Vous avez encore combien de bidons à remplir ? – Quand je me suis retournée, je suis tombée sur Jairo, l'accordéon à la poitrine –. Vous allez à Las Tolvaneras ?

J'ai acquiescé.

— Je ne vais pas loin. Si vous me rapprochez, je vous aide à décharger les bidons.

— Une autre fois, Jairo.

L'employé de la coopérative m'a aidée à déplacer les bidons avec un diable et les a déposés à l'arrière du pick-up.

— On prend un verre ? a insisté le musicien.

— Je ne bois pas.

— Mais moi oui.

— Je n'ai pas un centime.

— Je vous invite. – Il s'est mis à rire en appuyant sur les touches de son accordéon –. Accordez-moi une minute ! Vous travaillez dur, du matin au soir, vous ne vous ménagez pas... Accordez-vous un petit plaisir !

Nous sommes entrés dans une gargote. Jairo a choisi une table au fond de la salle.

— Allons plutôt au bar, je suis pressée.

De là, nous pouvions voir tout ce qui se passait dehors.

— Vous, pour être bizarre, vous êtes bizarre, a-t-il marmonné.

La première fournée de camionneurs avait quitté le marché et les femmes faisaient la queue pour se laver et se partager l'argent dans les WC publics.

— Qu'est-ce que vous regardez ?

— Qu'est-ce que ça peut vous faire ?

— Ah, j'ai deviné ! Vous avez beaucoup de compatriotes ici !

— Mouais, ai-je reconnu.

— Toutes des prostituées.

— Bon, je m'en vais, j'ai du pain sur la planche…

— Attendez, Angustias ! – Il m'a attrapée par le bras –. D'accord, je me tais ! Ne parlons plus de ça, mais restez encore un peu !

Je me suis assise sur la banquette pour éviter les ragots.

— Garçon, mets-moi une bière ! a-t-il crié. Et pour la dame…, qu'est-ce qui vous ferait plaisir, Angustias ?

— De l'eau.

— C'est tout ?

— Je veux de l'eau, Jairo.

— Bon, alors un verre d'eau…

Le serveur, un quarteron qui avait l'accent de la côte, m'a observée avant de porter son regard sur Jairo, qui s'est raclé la gorge et lui a fait signe de s'en aller.

— Elle vous plaît, la chanson que j'ai composée pour vous ?

— Laquelle ?

— La chanson de la statue de sel...

— Pour moi ?

— Ben oui, évidemment.

Dehors, les vendeurs transportaient des fruits, des légumes, du poisson et des morceaux de viande qui rougissaient les tabliers des bouchers... La chaleur n'était pas à son comble mais il faisait déjà très humide. Le front de Jairo dégoulinait de sueur. De son corps émanait une odeur aigre de transpiration et de gnôle. De près, il m'a semblé plus jeune.

— Vous n'avez pas passé l'âge de faire la cigale ? Votre maman ne vous a pas appris à travailler ?

— Ma maman est morte, a-t-il rétorqué.

— Pardon, je ne voulais pas vous blesser.

— Ne vous en faites pas, c'était il y a longtemps.

— Mais vous vivez de ça ?

Il m'a regardée, surpris.

— De quoi ?

— Des chansons que vous inventez.

— Je ne les invente pas, je les compose. Et, oui, je vis de ça. On m'appelle d'un village ou d'un autre. J'y vais, je chante et on me paie. Peut-être même qu'un jour on m'appellera de l'étranger. Ou que quelqu'un mettra une de mes vidéos sur Internet et ce sera la gloire.

Le serveur a apporté la bière et un verre d'eau.

— Merci, mon gars ! – Jairo a essuyé le goulot de la bouteille avec la paume de sa main et s'est mis à boire.

— Et c'est vrai que votre grand-père était allemand, c'est pas des histoires ?

— C'est ce que me racontait ma maman. Et je l'ai tellement répété que les gens ont fini par le croire.

— Et votre papa, il en pense quoi de votre vie d'accordéoniste ?

— Ce type, je ne l'ai jamais connu. Il a abandonné ma mère avant ma naissance. – Il a bu une gorgée –. Vous ne buvez pas votre verre d'eau, Angustias ?

Je me suis forcée à boire, pour faire passer le temps.

— Vous êtes fatiguée ?

J'ai hoché la tête.

— Et votre mari…

— Il est malade.

— Et vous ne vous occupez pas de lui ?

— Qu'il se débrouille, moi j'ai bien assez à faire. – J'ai regardé l'horloge –. Merci pour l'eau.

— Ne partez pas si vite…

Je me suis frayé un passage jusqu'au pick-up. Les femmes papillonnaient parmi les trois-tonnes ; elles étaient désœuvrées. À cette heure de la journée la clientèle se faisait rare. Alors elles en profitaient pour se maquiller et arranger leurs cheveux tondus, dans l'espoir qu'un camionneur leur sauve la mise.

J'ai grimpé dans le pick-up et j'ai réglé les rétroviseurs. Avant de partir, j'ai aperçu le reflet de Jairo. Il me saluait de la main, depuis la porte du bar. Sa peau brillait au soleil, comme un pichet en terre cuite.

Visitación a laissé le moteur allumé et a marché vers la remise. Elle en est ressortie avec plusieurs cordes et la hache que nous utilisions pour couper le bois des cercueils.

— Où allez-vous ? ai-je demandé, une pelle à la main.

— À Cuchillo Blanco.

— Je vous accompagne.

— Ça ne va pas être une partie de plaisir.

— Et j'ai l'air de vouloir m'amuser ?

Visitación a haussé les épaules.

— Alors dépêche-toi !

Il y avait soixante-dix kilomètres entre Las Tolvaneras et Cuchillo Blanco, le plus ancien des hameaux de la sierra orientale. Il était entouré de champs de canne à sucre et de tabac. Il devait son nom à ses fêtes qui finissaient toujours à coups de couteau et à son eau-de-vie de canne blanche, la plus pure de toute la région. Un verre suffisait pour embraser les têtes de tout un régiment. On la vendait en petites bouteilles, discrètement emballées dans des sachets en papier marron.

Presque tous les habitants de Cuchillo Blanco étaient des

femmes, la plupart d'entre elles travaillaient dans la manufacture des tabacs, une activité sur le déclin, mais qui avait encore besoin de main-d'œuvre. Plusieurs générations de femmes ont vieilli prématurément, agenouillées face à des piles de feuilles séchées, tandis que leurs fils et leurs maris passaient leurs journées à couper des cannes à sucre à la machette. Même celles qui travaillaient dans les villes de la frontière profitaient de leurs congés pour retourner au village et faire la récolte ou presser le tabac.

Jusqu'au jour où Abundio a acheté les plantations. Alors, sous sa direction, les exploitations ont décliné. Les employés agricoles ont perdu leur place et se sont reconvertis en tueurs à gages. Et parfois même pas ça. Les mères et les grands-mères ont continué à s'esquinter les articulations et la pulpe des doigts pour rapporter de l'argent chez elles. Leurs filles et petites-filles n'ont pas connu un sort plus enviable : elles se sont retrouvées à travailler près de la frontière en vendant des produits de contrebande ou en prélevant une taxe aux camionneurs qui traversaient le pont de la nationale.

Les mâles qui avaient survécu aux bagarres et aux beuveries de Cuchillo Blanco buvaient sur le seuil de leur maison, des constructions couvertes d'une peau galeuse, aux carrelages clairsemés et aux fenêtres cassées. On aurait dit des vétérans d'une guerre invisible. On les reconnaissait facilement : ils avaient perdu une oreille, le nez ou un membre et ils empestaient la sueur et l'alcool.

Les plus jeunes erraient à bord de pick-up qui crachaient une musique assourdissante. Ils passaient plus de temps dans les combats de coqs qu'à chercher du travail. Ils vivaient de la drogue et ils étaient contents comme ça.

Au numéro trois de la rue Ezequiel se dressait le squelette d'un immeuble qui avait eu un jour des balcons en stuc et des jardins fleuris. Les fenêtres du bâtiment étaient condamnées avec des planches. Les portes – en bois craquelé et fissuré – n'avaient plus de serrures, et certaines arboraient la croix noire que les irréguliers peignaient sur les murs pour laisser une trace de leur passage dans les villages.

Plusieurs voisins nous attendaient devant la porte.

— Heureusement que tu es là ! La maison du Français sent le mort et ça fait des jours que cet homme ne sort pas de chez lui. – La vieille femme à la peau cuivrée et aux cheveux noirs n'arrêtait pas de faire le signe de croix.

Visitación a sorti un mouchoir de sa ceinture, s'est couvert le nez et l'a noué derrière sa tête. Puis elle a pris la hache et les cordes. Nous avons monté l'escalier en bois. Il y avait une odeur de pourriture et il faisait une chaleur infernale.

— C'est ici. – Visitación s'est arrêtée devant une porte en bois.

Elle a pris la hache et a donné un premier coup, sans grand résultat. Puis elle a frappé de nouveau, à deux reprises, jusqu'à abattre la porte. Pendu au plafond, le corps d'un homme se balançait comme le battant d'une cloche tandis qu'une nuée de mouches tournait autour de son visage, lui dévorant les yeux. À ses pieds, une colonie de vers blancs dégoulinait comme une crème grouillante et répugnante.

— Mon pauvre petit Français chéri !

Visitación a pénétré dans le salon vide et a examiné le corps quelques minutes. Une érection bombait la braguette du mort et une langue violacée sortait de sa bouche, tel un cri sec. L'homme était raide comme un piquet. Je me suis avancée pour l'aider, mais elle m'a repoussée à grands cris.

— Nora, monte voir ça ! a-t-elle ordonné à la voisine.

Depuis le rez-de-chaussée, la femme a hurlé. Impossible de comprendre ce qu'elle disait.

— Monte, vieille trouillarde ! a grogné Visitación. Elle me fait venir jusqu'ici et elle ne vient même pas m'aider ! Viens ici !

La vieille femme est apparue sur le seuil ; elle traînait les pieds et n'arrêtait pas de faire le signe de croix.

— Ne m'oblige pas à entrer, Visitación. C'est l'œuvre du démon !

L'homme continuait à se balancer comme un pendule, ou comme un point d'exclamation pendu au plafond.

À Cuchillo Blanco tout le monde connaissait Jacques Thierry comme « le Français », un missionnaire qui était arrivé au village en compagnie de Lidia, une grande brune aux cuisses et à la taille épaisses. Bien plus âgé qu'elle, il frisait la cinquantaine. Il était blond et avait la peau claire. Tout le village avait fait semblant de croire qu'ils étaient mari et femme, mais d'autres versions plus croustillantes n'avaient pas tardé à circuler.

Le Français avait rencontré Lidia dans une prison suisse où elle purgeait une peine pour trafic de drogue. On l'avait cueillie à la descente d'un avion en provenance d'Amsterdam, des capsules de drogue plein l'estomac. Jacques lui avait rendu visite durant toute son incarcération, et après sa mise en liberté, il l'avait emmenée à la campagne, pour travailler dans une ferme.

Lidia, qui était née dans un village de la sierra orientale, était malheureuse dans cet endroit où il faisait froid et où l'on s'ennuyait à mourir. Elle voulait revoir sa mère et ses sœurs, même si ces dernières avaient décidé de la donner pour morte après le scandale de l'aéroport dont tous les journaux avaient parlé. Elle a réussi à convaincre le

Français ; ils ont fait leurs bagages et ils ont traversé l'Atlantique. Avec un peu de chance, il finirait par s'attacher à ce village qu'elle avait quitté, trompée par un salaud qui l'avait abandonnée avec la drogue et ne lui avait même pas payé un avocat.

Ils ont débarqué avec trois maigres valises. La maison familiale était déserte et vandalisée. Il n'y avait pas une âme dans les rues, et les commerces, presque tous fermés, tombaient en ruine. Lidia avait été devancée par les irréguliers. Ils avaient tout pris. Aucune trace non plus de ses parents et de ses sœurs. La terre les avait engloutis. Ils ont grimpé dans le premier bus qui passait et ont décidé de descendre à Cuchillo Blanco.

Le Français était tombé amoureux de la sierra. De ses nuits glaciales et de ses après-midi secs. De ce soleil dense comme une orange amère et du vent chaud qui brûlait les lèvres. Il ignorait de quoi ils allaient vivre, mais il a proposé à Lidia de repartir de zéro dans ce coin perdu au bout du monde. Il a fondé une maison de quartier où il prodiguait les soins médicaux élémentaires, lisait les Évangiles et enseignait la lecture et l'écriture. Ils ont acheté un pick-up à crédit et Lidia s'est mise à faire des déménagements et à transporter de la marchandise au marché de Cucaña. Elle ne gagnait pas grand-chose, trois fois rien. Lui, il ne faisait pas payer ses services, mais les gens du quartier lui apportaient des œufs, du café et quelques légumes.

Pendant trois ans, tout se passait tant bien que mal, jusqu'à ce que les irréguliers arrêtent Lidia à un barrage. Elle a refusé de donner les clefs du pick-up, malgré les coups de crosse. Alors, après avoir mis le feu au véhicule, ils l'ont séquestrée. Si le Français voulait la revoir, il allait devoir payer en liquide une somme exorbitante qu'il n'aurait pas réussi à gagner en dix ans.

Ils lui ont donné deux semaines.

Le Français a tout vendu : la trousse de matériel médical, les meubles, l'horloge et même la cuisinière, mais ce n'était pas suffisant. Désespéré, il est parti à Las Tolvaneras pour demander de l'aide à Visitación. Grâce à ses bons offices et à la compassion de quelques villageois, ils ont réuni une partie de l'argent. Quand ils sont allés le remettre à l'endroit indiqué, les guérilleros se sont montrés intraitables. Il manquait la moitié.

— Tout le fric sinon rien ! a hurlé un homme en treillis.

Le lendemain, des enfants ont trouvé le corps de Lidia qui flottait à plat ventre au bord du Cumboto. Alertée par les travailleurs du coin, et après l'intervention de la police, Visitación a récupéré le corps et a annoncé la nouvelle à Jacques. À partir de cet instant, il a cessé de sortir, a condamné les fenêtres avec des planches et s'est mis à boire. Si dehors le monde continuait de tourner, cela ne faisait que lui rappeler qu'il n'y verrait plus jamais Lidia.

— Il s'est pendu… de peine. – Visitación a passé la main sur son front et a soupiré –. Que Dieu prenne soin de toi, mon pauvre petit Français.

Les médecins légistes ont mis des heures à arriver. Deux individus qui empestaient la gnôle. Ils ont franchi le seuil, accompagnés par un fonctionnaire de police, ils ont mesuré le corps et ont pris quelques photos tandis que l'agent prenait la déposition de la vieille voisine. Ils l'ont étendu sur le plancher, l'ont recouvert d'un drap et l'ont traîné jusqu'à un brancard en métal.

La morgue de Cuchillo Blanco occupait les trois étages d'un immeuble en béton entouré de baraques à frites et de corbillards. Ils étaient garés entre les poubelles et les voitures de la police judiciaire. Les vendeurs ambulants entraient et sortaient comme chez eux et certains vendaient même des boissons dans les couloirs.

Au rez-de-chaussée, entassés dans une salle sans fenêtres, une dizaine d'hommes et de femmes attendaient leur tour pour récupérer les corps de leurs proches. Ils avaient été surpris par la crue du Cumboto alors qu'ils traversaient sur des embarcations illégales. Seuls ceux qui savaient nager avaient survécu. Les braconniers qui parcouraient le secteur pour pêcher la truite et le tucunaré avaient alerté la police. Les corps gonflés s'étaient pris dans leurs filets. Et malgré l'intervention des bateaux de patrouille qui avaient parcouru le fleuve jusqu'à l'embouchure, de nombreux cadavres avaient disparu, entraînés par la force du courant.

Étrangers à la tragédie, des enfants se bagarraient. Ils s'insultaient en se bousculant ou en tirant sur leurs vêtements. Une adolescente a tenté de les séparer. Les parents, épuisés de fatigue, dormaient, assoupis sur leurs sacs à dos.

— Si tu continues, je vais te dénoncer à ta mère ! a crié la jeune fille.

— On ne dit pas dénoncer, idiote. On dit accuser.

— Tiens-toi tranquille ! Sois sage ! – Elle essayait de le tenir par le bras, mais l'autre s'est dégagé.

— Ils ne t'entendent pas ! Ils dorment parce que mon oncle est mort !

— Peu importe. Quand ils se réveilleront, je leur dirai tout ce que tu as fait.

— Tu n'es pas ma mère, et tu n'as pas à me donner des ordres ! Et puis c'est ta faute si mon oncle est mort !

— Tais-toi !

— Crâne chauve, crâne chauve ! Espèce de crâne chauve ! a poursuivi le morveux.

Je me suis approchée pour mieux voir son visage. C'était la jeune fille de Cucaña ! Elle avait le même caractère autoritaire, mais semblait fatiguée et défaite. Elle avait maigri et ses cheveux avaient été tondus. Elle portait un bermuda délavé et un tee-shirt blanc.

— Un peu de respect, et arrête de crier comme ça. Ça ne se fait pas de parler des morts...

— Je parle de qui j'ai envie. Non mais, tu ne vas pas me donner des ordres !

Elle l'a pris par le bras et l'a secoué, mais le gamin lui a donné des coups de poing dans le ventre.

— Quand mes parents seront réveillés, je leur dirai que tu es une sale peste. C'est ta faute si mon oncle s'est noyé, parce qu'il voulait tout le temps être avec toi et mettre ses mains sous ta jupe. Je vous ai vus ! Espèce de boudin, toujours à te pavaner avec tes vêtements moulants ! C'est mon papa qui l'a dit !

Les bras ballants, l'adolescente est partie s'asseoir sur un siège en plastique à l'autre bout de la salle d'attente. J'avais dans ma poche une babiole que j'avais achetée pour décorer la tombe des jumeaux. C'était un oiseau en terre cuite. Quand on le remplit d'eau et qu'on souffle dedans, il imite le gazouillis des oiseaux. Je me suis approchée d'elle.

— Ne fais pas attention à lui.

Elle a levé les yeux. Ses paupières étaient gonflées et ses joues couvertes de plaques rouges.

— Souffle. – Je lui ai tendu le sifflet.

Elle l'a pris, méfiante, y a collé ses lèvres et a expiré fort pour faire sortir un chant sans oiseau. Elle m'a regardée, émerveillée. Et a soufflé une seconde fois.

— Tu me le prêtes ?

— Je te le donne.

Ses yeux ronds se sont cloués dans les miens.

— Je ne t'ai plus jamais vue à Cucaña. Où étais-tu passée ?

— Tu as pu trouver Visitación ? a-t-elle demandé, le sifflet dans les mains.

J'ai acquiescé.

— Garde-le. Quand tu seras fâchée ou triste, tu souffleras dedans.

Elle a regardé l'oiseau en terre cuite sans rien dire.

— Consuelo, viens ici ! a-t-on crié depuis le couloir.

— Quel joli prénom. Tu ne me l'avais jamais dit.

— Moi je connais le tien. C'est Angustias.

On l'a appelée une seconde fois.

— Ta famille te réclame.

— Ce n'est pas ma famille, a-t-elle répondu, agacée.

— Tu es un peu grande pour ce type de jouet, mais c'est tout ce que j'ai. Si tu prends soin de lui, il prendra soin de toi.

Elle ne semblait pas très convaincue.

— Cet oiseau aussi, il va mourir un jour ?

— Pas si tu lui fais un nid avec du papier journal.

— Tu es sûre ?

— Je te le promets.

Nous ne nous sommes même pas arrêtées pour faire de l'essence. La lumière déclinait sur notre passage, comme si une fermeture éclair refermait le ciel en le pressant pour en extraire les derniers rayons de soleil. Visitación a ouvert la boîte à gants et en a extrait un cigarillo enveloppé dans de la cellophane. Elle a déchiré le plastique avec ses dents, a coincé le petit cigare entre ses lèvres et s'est approchée du tableau de bord pour l'allumer. Elle a aspiré une bouffée, a expulsé trois anneaux de fumée blanche et me l'a tendu.

Après y avoir goûté, j'ai été prise d'une quinte de toux.

— Mais tu ne sais pas fumer !

Nous avons ri pendant que la Range Rover roulait vers Las Tolvaneras.

— Depuis quand tu fais ça ?

— Quoi ? Fumer ?

— Non, enterrer des morts.

— Depuis toujours ! À sept ans à peine, j'observais déjà comment on enterrait les gens. Mon vieux arrivait au cimetière à cinq heures du matin et il y passait toute la journée. Au début, je lui apportais de l'eau et des plats de riz au poulet. Comme je devais attendre jusqu'à ce qu'il ait fini de manger, je donnais un coup de main dans une petite morgue non loin de là. Je nettoyais le matériel, je faisais le ménage, je balayais. Les employés m'expliquaient à quoi servait chaque instrument.

Elle s'est penchée sur le volant, comme si elle donnait un discours. Je lui ai rendu le cigarillo et me suis installée confortablement sur le siège. Il commençait à faire froid et la brise transportait l'odeur du *mastranto*, une plante mentholée qui pousse dans les marécages.

— À quinze ans, j'ai fait ma première nécropsie. – Visitación parlait avec des termes compliqués pour se donner de l'importance –. Ce jour-là, on m'a mis une vieille pelle dans les mains. Puis la nécessité a précipité les choses. Les médecins légistes ne couraient pas les rues et, malgré ma jeunesse, j'avais quelques prédispositions.

Elle a donné un coup de volant pour éviter une chèvre sur la route et a poursuivi :

— Je devais faire l'autopsie d'un homme qui avait été tué à coups de machette dans une bagarre à Cocito, mais quelqu'un est allé raconter ça à ma mère : « Eh ben ta fille, elle est en train de dépecer un mort, gnagnagna… » – Elle imitait le ton de la médisance.

J'ai remonté ma vitre et me suis mise à regarder les montagnes tout en me demandant où donc pouvait être passé Salveiro et s'il était mort sur une de ces embarcations de fortune.

— Ma vieille a rappliqué au cimetière et m'a attendue. Quand je suis sortie de la salle d'autopsie, le masque encore sur la bouche, elle a fait un scandale : « Ah, malheureuse ! Dans quoi tu es allée te fourrer ! Dès qu'on arrive à la maison, je vais te flanquer une bonne raclée. » Et effectivement, elle m'a fracassé la tête avec un manche à balai. Ce n'était pas de la méchanceté : elle avait juste peur que j'attrape les maladies des morts. – Visitación a tiré sur le petit cigare, qui éclairait la pénombre avec son cercle rouge incandescent –. Le jour où ma mère est morte, c'est moi qui l'ai ouverte, sans la moindre larme… « Maman, si tu as été capable de mettre au monde une femme forte comme moi, pourquoi je devrais laisser les autres faire ce que je sais très bien faire toute seule ? Pourquoi je devrais laisser les autres te préparer pour que tu sois toute belle ? » – Elle a encore tiré sur son cigarillo, avant de poursuivre – : Ça, c'est ce que je lui disais quand elle était encore en vie, alors elle me répondait : « Toi, tu es complètement folle. Moi, je veux juste que Dieu me donne le pouvoir de continuer à te voir après ma mort. Tu vas finir à l'asile. » – Visitación a lâché un éclat de rire sonore –. J'ai été la première assistante légiste à la morgue de Mezquite ! On m'a même envoyée faire des études à la capitale ! À l'époque, les gens inventaient des histoires à dormir debout. Ils disaient que les femmes enceintes ne pouvaient pas toucher les morts parce que c'était dangereux. Mais moi, une de mes filles a failli naître à la morgue, et j'en ai eu, des enfants.

— Combien ?

— Quatre ! Deux filles, mais elles ont quitté le village, et elles ont bien fait. Et deux garçons, mais ils sont morts. L'un pour une histoire de drogues et l'autre pour des affaires de fesses.

— Et votre mari ?

— Après vingt-sept ans de vie commune, il m'a reproché

de l'aimer moins que les morts. « Si tu me poses un ultimatum, alors je reste avec mes morts, parce que ce que tu me donnes, n'importe qui peut me le donner. » Il ressemblait à ton Simplet de mari. C'était la moitié d'un homme. Mais je n'ai pas besoin de mari. Moi, tout le monde me connaît et m'apprécie ; je suis plus célèbre que la Vierge Marie !

Et elle n'avait pas tort. Quand nous nous rendions dans les villages alentour, les gens cherchaient à la voir et l'appelaient par son prénom. Ils lui demandaient de l'aide et des conseils pour enterrer leurs proches. Et elle, elle les écoutait avec attention.

— Moi, je suis capable de sculpter n'importe quel visage. À mes débuts, j'ai arrangé les visages des hommes défigurés par les explosifs des mines. Je mettais jusqu'à huit ou dix heures à préparer un cadavre, mais on m'a mise à la retraite anticipée. Alors, je me suis installée à mon compte à Las Tolvaneras ; j'y ai construit mon propre cimetière. J'avais enfin la liberté de faire ce que je voulais avec mes morts : je les nettoyais et je les habillais.

— Si vous avez été mise à la retraite, comment avez-vous pu obtenir l'autorisation ?

— Je n'ai pas besoin de papiers, moi. Juste de l'aide de Dieu.

Elle a tiré une dernière fois sur son cigarillo et l'a jeté par la vitre. J'ai vu le mégot s'éloigner et brûler au contact du vent, avant de disparaître au milieu de la nuit.

Le jour du premier anniversaire de la mort de mes enfants, je me suis levée de bonne heure. J'ai préparé du café et j'ai ramassé quelques fleurs pour décorer leur niche. J'y ai trouvé deux petits jaguars en bois sculpté ; un pour chaque enfant. Il n'y avait pas d'autres figurines de ce type sur les autres tombes, j'ai bien vérifié. Quelqu'un avait dû les mettre là, seulement pour eux.

Visitación a donné plusieurs coups de klaxon.

— Angustias ! Tu viens, oui ou non ?

— Attendez !

— Grouille !

J'ai pris les petits jaguars et je suis montée dans le pick-up à toute vitesse. Nous devions être à la prison de Puerta Grande avant huit heures.

Une fois par mois, Visitación Salazar allait à deux cents kilomètres de Mezquite, dans le seul centre de détention qui recevait à la fois des prisonniers de la sierra occidentale et de la sierra orientale ; et aussi ceux qui allaient être expulsés de l'autre côté de la frontière. La prison était divisée en une aile nord, destinée aux hommes, et en une aile sud, une porcherie où s'entassaient des centaines de détenues. Visitación leur lisait la Bible, une activité qui avait reçu l'approbation des autorités, parce qu'elle ne demandait pas de fournitures particulières et aucune surveillance supplémentaire.

Seules les femmes qui étaient en conditionnelle pour bonne conduite et celles qui purgeaient de courtes peines pouvaient assister à l'atelier. Avec ses conseils, Visitación les prémunissait non seulement contre la pauvreté qu'elles allaient rencontrer en sortant, mais aussi contre la solitude, dont elles souffraient déjà derrière les murs de la prison. Les morts qu'elle enterrait avaient trouvé une terre où reposer en paix ; ces femmes, même pas.

À la différence des hommes de l'aile nord, qui pouvaient recevoir leurs épouses, maîtresses ou enfants, elles n'avaient droit à aucune visite. Même pas leurs mères, si elles en avaient encore une. Ni leurs maris, enfants ou frères. Ils les avaient effacées de leur vie. Si l'une d'elles voulait obtenir une autorisation de visite, elle devait attendre des mois ou coucher avec les gardiens pour accélérer les démarches. Les geolières étaient sous leurs ordres et ils violaient les détenues sans même avoir besoin de leur faire du chantage.

Durant ces séances mensuelles de deux heures, Visitación interprétait les Saintes Écritures. Derrière ce nom pompeux se cachait en fait un prétexte pour leur apprendre à lire. Avec le temps et après de longues négociations, elle avait obtenu le droit de leur apprendre à tailler le *mezquite*, un bois qui, outre le charbon, était utilisé pour fabriquer des croix et faire des cercueils.

Presque invariablement, elles reproduisaient *La Cène* ou des versions plus ou moins réussies de l'Immaculée

Conception ou du Sacré-Cœur, que Visitación vendait ensuite à Cucaña. Avec l'argent, elle achetait du pain perdu, des serviettes hygiéniques et des paquets de cigarettes ; et aussi des journaux, des cahiers et des crayons. À l'entrée de la prison, les surveillantes confisquaient les serviettes et les cigarettes et les gardaient pour elles.

Visitación connaissait la vie de toutes les détenues qui participaient à ses ateliers : Marcela purgeait sa septième année de peine pour homicide – elle avait tué son mari alors que celui-ci tentait de l'assassiner à coups de batte. Et puis il y avait Sonia, emprisonnée pour vol à la tire et trafic de drogue, Lorca, une femme que son ex-mari avait accusée d'abandon du domicile conjugal, et Marta, qui venait d'arriver, mais qui avait tout de suite voulu participer aux ateliers.

— Zacharie, chapitre sept, versets neuf et dix. – Visitación s'est raclé la gorge avant de lire à voix haute – : « Ainsi parlait l'Éternel des armées célestes : "Rendez véritablement la justice. Et ayez l'un pour l'autre de la bonté et de la miséricorde." »

Les femmes, abruties par la faim et la fatigue, parlaient rarement.

Visitación a cherché un autre passage dans sa Bible noircie et poisseuse.

— J'ai trouvé ! Saint Matthieu ! La guérison des aveugles de Jéricho ! – Elle s'est mise à lire, solennelle – : « "Seigneur Jésus, fils de David, accorde-nous ta miséricorde." Et Jésus s'est arrêté, les a appelés et leur a dit : "Que voulez-vous que je fasse pour vous ?" Ils lui ont répondu : "Seigneur, nous voulons que nos yeux puissent s'ouvrir." »

Elle a marqué un temps pour ménager un effet dramatique et a poursuivi. Toutes la regardaient, comme perchées sur un nuage.

— Cet Évangile, il vous rappelle quoi ?

Silence total. Puis une des détenues a levé la main pour faire un piètre résumé de ce que Visitación leur avait lu.

— Non, Lorca ! On ne dit pas fonction, mais onction !

Ces mots martelaient mon esprit et je me suis demandé à quoi pouvaient bien servir les visions de ce messie qui ne descendait jamais sur terre. Visitación leur posait des questions sur les paroles de Dieu, avec cette emphase qu'elle avait quand elle parlait de la Bible.

— Marta, a-t-elle demandé à la nouvelle, qu'est-ce que tu penses des aveugles de Jéricho ?

La femme n'a pas répondu.

— Nous t'écoutons, nous sommes là pour ça.

— J'aime pas parler.

Quand elle a retiré les mains qui cachaient son visage, je l'ai immédiatement reconnue.

— Faisons une pause de cinq minutes pour ranger et distribuer les paniers du mois, que nous partagerons avec Marta, a proposé Visitación.

Elle s'est tournée vers moi et m'a grondée à voix basse.

— Qu'est-ce qui te prend ? On dirait que tu as vu un fantôme. – Elle m'a dévisagée, méfiante –. Va donc donner un des paniers à la nouvelle. Pas un mot. C'est moi qui parle.

Je me suis approchée avec un sachet en plastique contenant des cigarettes et un petit pain de maïs. Elle avait les ongles noirs, elle sentait la sueur et avait beaucoup maigri, même si elle conservait ces yeux de rongeur, enfoncés dans un visage spectral.

Visitación a repris l'atelier avec un passage sur le repentir.

— Si Jésus, notre Seigneur, a pardonné, je vous demande d'y réfléchir, et de bien y réfléchir : qui devez-vous pardonner et à qui devez-vous demander pardon ?

Quand les gardiennes sont arrivées pour raccompagner les détenues dans leurs cellules, Marta, si elle s'appelait vraiment comme ça, a cloué sur moi un regard trouble et triste.

Je me suis approchée sous prétexte de lui donner un autocollant de la Vierge.

— Tu as volé tous mes papiers et tout ce que j'avais…, ai-je murmuré. Que le Dieu auquel tu crois te pardonne, parce que moi, je n'ai aucune intention de le faire.

Les détenues ont été reconduites avec brutalité et n'ont même pas eu le temps de dire au revoir. Marta m'a regardée en silence, et, comme les autres, elle est repartie sans broncher. Une fois dans le pick-up, Visitación m'a fait savoir ce qu'elle pensait.

— C'est la première et la dernière fois que je t'emmène. Notre mission, c'est d'apporter un peu de paix à ces femmes, pas de les terroriser. Et toi, aujourd'hui, tu as tout fichu en l'air. Maintenant elles vont se méfier. Alors, on va en rester là.

J'ai acquiescé, la tête appuyée contre la vitre de la portière. Visitación a pris le briquet du tableau de bord et a allumé un de ses cigarillos.

— Moi je continue vers Mezquite, je te laisse au cimetière ou tu viens avec moi ?

Elle était sûre d'elle, sèche et autoritaire. Elle était comme ça. Je n'ai jamais pu oublier ce visage dur.

— Angustias, ma fille, je te dépose à Las Tolvaneras ou tu m'accompagnes au village ?

Je suis sortie de ma torpeur.

— Je reste à Las Tolvaneras, j'ai du pain sur la planche.

J'ai plongé les mains dans mes poches. Les petits jaguars étaient encore là.

Visitación a reçu un appel de la prison de Puerta Grande. Les gardiennes avaient trouvé le corps sans vie de Marta Fernández Fernández, un sac en plastique sur la tête. L'autopsie démontra qu'il ne s'agissait pas d'un homicide.

Ils ont cherché sa famille pour qu'elle prenne en charge la dépouille, mais ils n'ont trouvé que sa sœur, handicapée mentale, internée dans l'asile psychiatrique de Cucaña et récemment transférée dans un hôpital de l'autre côté de la frontière. Cela faisait six mois que personne ne payait la pension.

— C'était donc pour ça qu'elle volait… !

— Qu'est-ce que tu dis, Angustias ?

— Rien…

— Je reviens dans une heure, prépare tout. On l'enterrera à la nuit tombée.

Après avoir gâché le mortier, j'ai cherché dans les ronces un rameau d'œillets, ces maigres petits boutons jaunes. Ils résistaient au manque d'eau et égayaient les dalles de ciment. J'ai pensé à la sœur de Marta et je me suis dit que la mort de l'une condamnait l'autre. J'ai marché jusqu'à la tombe de mes enfants. À côté des fleurs, j'ai déposé un petit cheval en métal.

Visitación est arrivée trois heures plus tard. On l'a descendue du pick-up et on l'a mise dans un cercueil que j'avais moi-même cloué un mois plus tôt. Au moins, elle avait une caisse en bois ; mes enfants n'avaient eu droit qu'à une boîte en carton, celle-là même qu'elle avait essayé de voler dans ce foyer peuplé de moribonds et de cafards.

Avec la même main qui lui avait arraché une mèche de cheveux à Cucaña, j'ai inscrit son nom et sa date de naissance sur la ligne numéro 750 du livre des défunts du Tiers Pays. J'ai pensé au dieu vengeur que Visitación louait tant et qui se fichait bien de nous qui vivions ici-bas. De lui, je n'attendais rien, parce qu'il ne m'avait jamais rien donné.

— À quoi penses-tu, Angustias ?

— À la sœur de cette femme.

— À rien d'autre ?

— Non, Visitación, à rien d'autre.

Le premier dimanche de mai, il y avait deux fêtes : celle qu'Abundio donnait dans sa propriété et qui était réservée à ses invités, et celle que Visitación organisait pour tous les enfants du village. C'était, et de loin, la plus animée de la sierra.

Avant neuf heures du matin, Visitación arpentait le marché, son fichu bariolé sur la tête, et rassemblait les gamins pour scier en deux la Branche de mai, qui pouvait être n'importe quel rondin, pourvu qu'il soit assez large. Avec les deux morceaux, ils faisaient une croix très haute et l'habillaient avec des bouquets de Chupa Chups, des colliers de piments et des marguerites sauvages que les enfants nouaient avec des rubans et du papier crépon multicolore.

Les villageois préparaient de la citronnade au sucre brun et la servaient dans des verres en plastique ou des gobelets qu'ils rapportaient de chez eux. Les boulangères enfournaient des *catalinas* faites à base de cannelle et d'anis ; et aussi des *naiboas*, des galettes de manioc nappées de mélasse et de fromage blanc. Les bouchers du marché mettaient de côté des morceaux de viande rouge et de poulet pour les griller au feu de bois. C'était leur contribution à la fête.

On mangeait sur des tables décorées de nappes colorées. Vertes, bleues, blanches, rouges. Des morceaux de tissu que les femmes lavaient et séchaient au soleil. Pour les plier, il fallait s'y prendre à deux, une personne à chaque extrémité, avancer et reculer pour bien étendre la toile avant de la plier en forme de triangle, comme un drapeau. On les rangeait pour l'année suivante, avec les pétales et les rubans que les enfants retiraient délicatement du tronc de la Branche de mai. J'étais chargée de les récupérer et d'en faire l'inventaire.

— Mais c'est toi Angustias ! Pas vrai ?

J'ai levé les yeux du registre où je notais les noms des enfants en face de la comptabilité de leur contribution. J'avais devant moi une femme corpulente qui tenait un bébé dans ses bras. Elle était métisse, et ses hanches, fermes et rocailleuses. Sa robe jaune faisait ressortir sa peau noire et brillante.

— Ma mère n'arrête pas de parler de toi ! Jennifer, viens voir !

— Euh... c'est qui ta maman ? ai-je bredouillé.

— Mais Visitación, évidemment ! On lui ressemble comme deux gouttes d'eau, tu ne trouves pas ?

Effectivement, elles se ressemblaient, et pas qu'un peu.

— Moi, c'est Mayerlin ! – Elle a fait une révérence comme si elle avait cinq ans –. Et elle, c'est ma petite sœur.

— Jennifer, enchantée. Tu en veux ?

Elle m'a tendu un verre de rhum au citron.

— Non merci.

— Allez, ne fais pas ta timide ! Bois-en un peu, c'est délicieux !

Elle en a bu une gorgée, puis une autre encore, et a laissé le verre à moitié vide.

— Allez, profite, tu es encore jeune !

— Et jolie ! a lâché l'aînée.

C'étaient des moulins à paroles. Je ne pouvais pas en placer une.

— Allez, dépêche-toi, la fête va commencer !

— Nous on adore se trémousser ! Allez, viens !

Les deux femmes ont éclaté de rire. J'ai essayé de résister mais elles m'ont traînée jusqu'à la place du village, où un groupe d'hommes et de femmes dansaient en ronde, tout en trinquant et en buvant abondamment.

— Je vais te présenter mon mari.

— Et moi, le mien.

— Moi d'abord, c'est moi l'aînée ! a grondé Mayerlin. Et n'écoute pas trop ma mère, elle adore faire la cheffe.

— Et nous on aime faire la fête ! Que c'est bon de revenir au village !

La fête des Croix, ou Veillée de mai, comme on l'appelait sur la côte, marquait le début de la saison des pluies. Aussi rares fussent-elles, ces pluies faisaient tout refleurir, même la joie. Une mousse de vie qui poussait, peu à peu, au milieu des pierres.

La veille de la fête, Mezquite embaumait le sucre et le caramel au beurre. Certaines femmes de la sierra orientale, qui étaient arrivées avant l'épidémie, préparaient des friandises et des desserts, tous plus colorés et délicieux les uns que les autres.

La confiture de bananes cuites au chaudron avec de

l'eau et du sucre brun faisait le régal de tous. Il fallait la laisser refroidir pour la servir avec du riz au lait, que les enfants mangeaient à la petite cuiller. « Riz au lait, je veux me marier, à une jolie veuve de la capitale. Qui sache coudre, qui sache broder, qui mette la table et fasse notre régal », chantaient les enfants, le ventre plein, avant de courir vers les balançoires rouillées du jardin public.

Visitación a fait son apparition ; elle portait une jupe longue sous laquelle elle avait mis deux coussins, pour imiter la silhouette d'une ânesse. Elle poursuivait les petits en donnant des ruades et en tournant sur elle-même. Les enfants essayaient de soulever le déguisement pour la démasquer. Mais elle ne se laissait jamais attraper et continuait sa course folle en serrant les volants de sa jupe et en poussant des braiments.

— Visitación, tricheuse, espèce de tricheuse ! lui criaient-ils.

Quand elle en avait assez de courir dans tous les sens, elle allait s'asseoir pour chanter des couplets des « Mendiants de la Saint-Jean », une chanson que tout le monde connaissait par cœur à force de la répéter tous les ans. Jairo l'accompagnait à l'accordéon :

Rin-rin, rin-ran, les mendiants de la Saint-Jean
demandent du pain mais n'auront rien,
veulent du fromage, auront du potage,
riqui-riqui-riqui ran.

L'aînée des filles de Visitación m'a prise par la taille et m'a poussée vers une file d'enfants et d'adultes qui avançaient et reculaient au rythme de « La vipère de

Mezquite », une chanson qui se dansait en groupe, en imitant la forme de l'animal et en répétant, tous en chœur, les paroles que Visitación chantait à gorge déployée :

La voilà.
Qui ?
Elle arrive.
Qui ?
La bête de la montagne,
sambarambulé,
elle veut me piquer,
sambarambulé.
Si elle me pique je l'écrabouille,
sambarambulé,
et j'en fais de la tambouille,
sambarambulé.
Saint Antoine béni,
sambarambulé,
je t'en prie, viens m'aider,
sambarambulé,
à écrabouiller,
sambarambulé,
ce serpent maudit,
sambarambulé,
qui veut me piquer.

La tradition voulait que celui qui ramassait le plus de fleurs pour décorer la Branche de mai gagne une marmite de confiture de tamarins et un diadème en carton couvert de paillettes. Tout le monde participait.

C'est une adolescente qui a gagné le concours, loin

devant les autres. Elle avait réuni, à elle seule, plus de rubans et de fleurs que tout le monde. Elle s'est présentée avec un sac en toile où elle les avait cachés pour qu'on ne les lui vole pas. C'était Consuelo. Alors qu'on allait lui remettre le prix, un homme s'est avancé, complètement ivre. Il la traitait comme un chien.

— Arrête de jouer et va me chercher du rhum !

— Ne lui criez pas dessus comme ça ! ai-je hurlé. Si vous avez si soif, allez donc le chercher tout seul, votre rhum.

Vexé, il s'est perdu dans la foule en trébuchant. Je me suis approchée de la gagnante et j'ai posé la couronne sur sa tête.

— Je te déclare reine de Mezquite.

Elle m'a regardée, déçue.

— Et à quoi ça sert ?

Le vent a soulevé un nuage de morceaux de papier de toutes les couleurs. Ça sentait l'averse. Les grandes pluies de mai approchaient.

Alors que j'étais en train de gâcher le ciment, Visitación m'a retiré la pelle des mains, elle m'a tirée par le bras et m'a traînée jusqu'à la remise. Elle a coupé le courant, a pris la grande barre en bois et nous a barricadées. Il ne faisait pas encore jour et dans la pénombre du petit matin, je ne voyais presque rien.

— Qu'est-ce qu'il y a ?

— Chut.

Elle a posé un doigt sur ses lèvres, a soulevé une trappe cachée sous le lavoir et m'a poussée sans dire un mot.

— Mais…

— Chut.

Elle a pris la carabine et, une machette à la taille, s'est cachée elle aussi.

— C'est les irréguliers, a-t-elle chuchoté. Ne fais pas de bruit, ne bouge surtout pas, ne pense à rien.

Les moteurs allumés n'étaient déjà plus une lointaine rumeur et pétaradaient à nos oreilles. Ils sont descendus en claquant les portières. Impossible de savoir combien ils étaient : on ne pouvait entendre que leurs rires gras. Plus je sentais leurs voix se rapprocher, plus mes mains tremblaient.

— Visitación, ouvre !

La nuit se retirait et le ciel laissait filtrer quelques rayons de lumière encore timides. Les hommes étaient postés devant la porte, prêts à n'importe quoi pour entrer. Ils ont donné des coups de crosse pour faire sauter les serrures et la barre en bois. Il n'y avait presque pas d'air à l'intérieur et une odeur de poussière sèche faisait penser à un cercueil.

— Où que tu sois, sors de là !

Tapies sous la canalisation de l'évier, on ne pouvait distinguer que les pieds des deux hommes. Le premier avait du mal à marcher, prenant appui sur une prothèse en plastique. L'autre portait des bottes de cow-boy. C'est tout ce que j'ai pu voir, malgré mes efforts.

Ils ont tout retourné. Ils ont renversé les établis avec tous les outils. La gorge me grattait et j'avais envie de tousser. Visitación suait à grosses gouttes, ses vêtements étaient trempés.

— On n'a pas trouvé la femme, commandant !

Sa voix m'était familière : lente et posée, avec un accent de la sierra orientale.

— Pas d'excuses ! Je la veux ici tout de suite, et en vie ! Si tu ne la trouves pas, je t'arrache la langue !

— On a cherché du côté des tombes, mais rien…

Cet accent, cette voix, je les connaissais.

— Tu as fait venir vingt hommes pour rien, Mono. – Le boiteux a craché par terre –. On n'est pas là pour s'amuser à gaspiller de l'essence…

— Taisez-vous, Gutiérrez, ou je vous fais avaler votre jambe de bois. Et toi, fais un peu marcher ta cervelle : il y a du ciment frais dehors, alors elles doivent pas être bien loin, bordel !

Les deux hommes sont restés à l'intérieur, à se promener à leur aise.

— C'est le mec de la sierra orientale ?

— Il y en a plusieurs. Tous les nouveaux sont de là. C'est Abundio qui les a envoyés au campement.

— C'est celui qu'on appelle Simplet, le type au canif ?

— Peut-être.

— Eh bien, renseignez-vous. Vous devriez connaître vos troupes !

Les moteurs vrombissaient, mêlés aux voix des irréguliers. À l'intérieur régnait une chaleur étouffante. J'étais en train de m'asphyxier. Je n'allais pas pouvoir rester encore comme ça très longtemps. Je haletais. Visitación a mis une main sur ma bouche.

— Alors ma belle, on va se décider à sortir ou pas ? a-t-il crié. Ne sois pas mal élevée, c'est le Mono en personne qui vient te passer le bonjour, le plus grand pisseur de la frontière !

— Commandant !

Le subalterne est entré dans la remise.

— Vous avez trouvé la négresse ?

— Non...

— Vous avez cherché dans le réservoir d'eau ?

— Pas encore, commandant.

— Ben il serait temps ! Allez l'ouvrir !

Le Mono était hors de lui et n'arrêtait pas de vociférer.

— Non, non, non, non ! Attendez ! Faites-le plutôt exploser à coups de mitraillette !

— Pas la peine. Laissez tomber. – Le boiteux s'est

montré conciliateur –. Déjà qu'on n'a pas assez de munitions au campement, on va pas les gaspiller comme ça. Laissez la vieille avec ses morts, on s'en chargera plus tard.

— Vous allez continuer encore longtemps, Gutiérrez ?

Les bottes se sont approchées de la grille, encore un peu plus près. Le Mono a piqué une colère et s'en est pris à l'armoire en lui donnant des coups de pied jusqu'à la défoncer. Les pelles, les pioches, les seaux et les cordes ont roulé par terre.

— Je veux la peau de cette vieille carne, c'est bien compris ? – Et il a donné un autre coup de pied dans la porte –. Ici, c'est moi qui décide !

— Tout ce que vous voudrez, commandant.

— Je ne veux pas, Gutiérrez. J'ordonne.

Il y a eu un silence rocailleux. Le moindre bruit risquait de nous trahir.

— Et alors, ma négresse ? Il n'est pas trop tard pour sortir de ta cachette. Ne va pas m'obliger à le faire moi-même.

Visitación a fermé les yeux et a laissé sa main sur ma bouche.

— Je sais que tu es là. Le pick-up garé dehors, c'est le tien, je le reconnais.

Il a saisi un bâton et s'est mis à donner des coups au plafond, au risque que tout s'écroule.

— Tu es là-haut ? Ou tu te caches dans tes tombes ?

La gorge me grattait de plus en plus et j'étais sur le point de tousser. Visitación a appuyé encore un peu plus la main sur ma bouche. Nous avons entendu un autre bruit, discret au début et de plus en plus fort : quelqu'un était en train d'uriner sur le ciment.

— Sache, Visitación, que la prochaine fois c'est de

l'essence que je viendrai pisser chez toi ! a crié l'homme. Ensuite, j'allumerai un cigare et ta sale trogne me servira de cendrier.

Couvertes d'urine, terrorisées, nous attendions en silence que les hommes soulèvent la trappe et nous tuent.

— Commandant !

Le subalterne est entré dans la remise, affolé.

— Commandant ! On a fait exploser la réserve d'eau, une vraie passoire !

— Et ? Elles étaient dedans ?

— Non, mais il y avait plein de saloperies, a-t-il répondu, essoufflé. Un tas de serpents, des énormes serpents... Comme ceux des marécages !

— N'importe quoi ! Ici tout est sec depuis longtemps...

— Il y en a partout, ça grouille. On en a bien tué quelques-uns à coups de machette, mais il y en a de plus en plus. Personne ne veut ouvrir les tombes. Tout le monde pense que c'est l'œuvre du démon !

— Visitación, sale fille de pute ! Dès que je t'ai sous la main, je te tue. Je te le jure !

Un son bref et métallique nous a pincé les oreilles. On aurait dit le bruit d'une gâchette.

— Dehors !

— Ne tirez pas, s'il vous plaît ! a supplié le soldat.

— Dehors... ou je te fais exploser la cervelle !

Le boiteux est sorti le premier, suivi du soldat. Le Mono est resté encore quelques minutes à l'intérieur. Avant de quitter la remise, il a tiré à deux reprises sur la porte en métal.

— La prochaine fois, je ne te raterai pas, Visitación, droit entre les deux yeux. Sors d'ici. Ne m'oblige pas à te chercher. Si je te trouve, je te baise la gueule.

On entendait seulement le bruit de ses pas se diriger vers le porche.

Le Mono et ses hommes sont repartis à toute vitesse. Les portières ont claqué, puis le bruit des moteurs s'est éloigné peu à peu. Alors Visitación a retiré la main de ma bouche. J'ai toussé pendant plusieurs minutes. Le nez et la gorge me piquaient, c'était insupportable.

Il faisait jour quand nous sommes sorties de notre cachette. Dehors, j'ai ouvert le robinet d'eau, j'y ai plaqué mes lèvres et j'ai bu longuement, sans respirer. J'ai rempli une tasse et je l'ai apportée à Visitación, qui s'était assise sous le dividivi.

— La peur, ça donne soif, pas vrai ma fille ? – Elle a noué son foulard sur la tête tout en chassant les guêpes qui tournoyaient autour d'elle.

Découpées à la machette, les vipères grouillaient de partout. Les têtes séparées du reste du corps mordaient les morceaux de queue, qui fouettaient le sable. Une odeur de bouse et de charbon de bois imprégnait l'atmosphère. Illuminé par les premières lueurs du matin, un couteau traînait dans le sable. Il était tout petit et rustique, on aurait dit un canif.

Visitación est partie dans un grand éclat de rire.

— Quand je suis arrivée ici, j'ai condamné la réserve parce qu'elle était pleine des eaux crasseuses des marécages. Et voilà ce qu'il y avait dedans !

Je me suis empressée de mettre le petit couteau dans ma poche et j'ai acquiescé.

Impossible de savoir si c'était le vent ou la peur, mais il m'a semblé entendre des rires au milieu de nulle part.

Les irréguliers n'avaient pas eu le temps d'ouvrir les niches. Elles étaient intactes. Après avoir inspecté le cimetière, Visitación est restée plantée devant la seule tombe sans dates. On ne pouvait lire qu'un prénom, sans nom de famille : Gloria. C'était une toute petite tombe, peinte en bleu indigo, avec une rose en plastique incrustée dans le ciment.

— C'est la première qui est arrivée au Tiers Pays. – Elle s'est essuyé le front du revers de la main –. Avant, mes morts, je les avais réunis dans un petit lopin du cimetière municipal. Mais l'hiver a frappé et avec les averses torrentielles, ils ont été déterrés. Alors j'ai dû les emmener ailleurs.

Une rafale a couvert de sable nos peaux desséchées par le soleil.

— J'ai trouvé une combine, et je les ai transportés jusqu'ici dans des sacs en plastique.

Visitación choisissait toujours le chemin le plus long pour raconter les histoires. Et moi, je m'y perdais.

— Ça les enquiquine tous que je mette mes morts ici… Las Tolvaneras ne sont à personne. Elles appartiennent à

Gloria, à tes enfants, à tous ceux qui reposent ici. C'est eux, les propriétaires de tout ça ! Pas Abundio ni le curé ! Même pas moi ! C'est eux, les propriétaires ! Ces terres appartiennent aux morts !

— Les irréguliers ont failli nous tuer, Visitación.

— Ce n'est pas la première fois qu'ils viennent. Et ce ne sera pas la dernière.

— Ils ont parlé d'Abundio. Cet homme a des yeux partout. Qu'est-ce qu'il veut ?

— Tout, ma chérie, il veut tout avoir.

— S'il vous déteste tant, pourquoi il ne vient pas en personne pour vous déloger ?

— Parce que ce n'était pas Abundio qui les envoyait ! Ils sont venus de leur plein gré, pour me sortir d'ici les pieds devant et pour s'approprier cet endroit, sans le partager. Tu comprends ?

J'ai regardé mes mains couvertes de corne et presque aussi gercées et crevassées que les siennes.

— Ça ne me plaît pas, ce qui se trame ici, ai-je lâché. Vous avez des ennuis avec tout le monde : le maire, les irréguliers et l'homme aux chiens. Et vous ne m'expliquez rien.

Visitación s'est retournée et m'a pointée de l'index.

— Je t'avais prévenue. La porte est là-bas. Mais si tu t'en vas, tu ne reviens pas.

Elle a bu un peu d'eau et m'a fixée, sur la défensive.

— Avec moi ou contre moi. C'est comme ça que les choses se passent de ce côté de la sierra. Réfléchis-y !

Elle est partie vers la remise en traînant les pieds. Elle a observé les impacts de balles sur la porte en fer et elle est entrée pour ranger le bazar que ces hommes avaient laissé sur leur passage.

Nous ne nous sommes pas adressé la parole de toute la journée.

J'ai ramassé et brûlé les corps des serpents, puis je suis partie voir la tombe de mes jumeaux. J'y ai trouvé deux autres figurines en bois, une pour chaque enfant. C'étaient deux petits poissons. Ce n'était pas moi qui les avais mis là, et, hormis les irréguliers, personne n'était allé au cimetière cette semaine.

J'ai sorti le petit couteau, mais sa lame était trop épaisse pour avoir pu tailler les minces sillons dans les figurines. Tournant en boucle dans mes oreilles, cet accent de la sierra orientale me hantait. Cela ne pouvait être que la voix de Salveiro.

J'ai secoué la tête pour chasser l'écho de cet homme qui devait être mort depuis longtemps. J'ai bien regardé les sépultures, les unes après les autres, mais rien n'avait bougé. J'ai remis le couteau dans ma poche, en compagnie de mes ciseaux, et j'ai laissé les deux petits poissons là où je les avais trouvés. Les cacher n'allait rien changer.

Je me suis assise face à la tombe, sans savoir quoi faire.

Le vent a décoiffé mes cheveux. Ils avaient commencé à repousser.

Visitación Salazar avait les yeux rivés sur une casserole qui était sur le point de bouillir.

— Mais te voilà ! s'est-elle exclamée en levant les bras au ciel. Je croyais que tu étais partie.

— Et moi je pensais que vous étiez à Mezquite, avec votre amoureux.

— Pas du tout… ! – Elle a marqué une pause –. Víctor Hugo, il m'agace en ce moment ; faudrait un peu qu'il comprenne que je ne vais pas toujours être là pour l'attendre. – Elle a versé de l'eau dans une chaussette pleine de café moulu –. Et puis, je reste ici parce que j'en ai envie… Je dois des explications à personne. Ni à lui ni à toi.

Je me suis assise à côté d'elle.

— Tu veux un café ?

J'ai fait oui de la tête.

— Moi je ne devrais pas en prendre. Ça fait des jours que je ne dors pas…

— Qu'est-ce qui vous empêche de dormir ?

— Tout ça. – Elle a soupiré, comme si elle rendait les armes.

Un trois-tonnes est passé à toute allure ; il allait vers le nord. Visitación s'est levée, elle a pris la lampe torche et a marché vers le portail. Elle a mis le cadenas et a éteint la lanterne. Elle est revenue en éclairant la clôture et s'est écroulée sur le tabouret à côté de la gazinière.

— Aujourd'hui tu m'as reproché de ne rien te raconter…

— C'est vrai, Visitación. Et ça n'est pas pour me rassurer.

— Ma belle, comment peux-tu être aussi naïve ? On ne dirait pas que tu as enterré tes jumeaux.

— Un peu de respect. Je vous respecte, moi.

Visitación a baissé les yeux, a remué la chaussette pleine de café et a ajouté de l'eau.

— C'est une vieille histoire… – Elle a servi le café et m'en a tendu une tasse –. Tu veux vraiment tout savoir ?

J'ai hoché la tête.

— Estigia Ágave est venue jusqu'à Mezquite pour se marier avec Francisco Fabres. C'était une jeune femme instruite, l'aînée d'une famille d'industriels fortunés. Francisco était l'héritier des principaux propriétaires des filatures de la sierra.

Elle a ajouté de l'eau dans le filtre et a remué le café.

— Amalia, ma maman, travaillait depuis très longtemps pour cette famille. Elle était chargée des cuisines et de toute l'intendance : elle supervisait les récoltes du potager et planifiait les menus quotidiens. Dans cette maison, elle a nourri deux générations entières.

La lueur de la gazinière attirait les bestioles : des aoûtats, des papillons de nuit et des fourmis ailées qui se faufilaient à travers les vêtements. Visitación passait son temps à chasser les insectes avec ses mains. Elle s'est servi une tasse de café et a poursuivi :

— Ma maman avait le plus grand respect pour doña Estigia. Elle disait qu'elle était intelligente et méthodique, une femme de tête. Elle a fait faire un recensement pour estimer le nombre d'adultes en âge de travailler qui vivaient à Mezquite, de façon à calculer combien pourraient être employés dans les nouvelles filatures. L'année qui a suivi son mariage et après avoir mis l'entreprise en route, Estigia a accouché de trois petites filles à la peau claire et aux cheveux bruns.

Je ne comprenais pas pourquoi elle me racontait maintenant cette histoire ancienne. On avait failli être égorgées quelques heures plus tôt et elle me débitait ces vieux trucs. Mais comme d'habitude, elle n'en faisait qu'à sa tête.

— Quand Estigia allait dans les filatures pour vérifier que tout était en ordre, ma maman s'occupait des bébés. Dans cette maison, tout tournait autour du textile et même les petites filles s'y connaissaient en tissus et en fibres, a-t-elle dit, solennelle. Pour les Fabres, le coton n'avait pas de secret. Tout ce qui se passait dans leurs ateliers avait des répercussions sur la vie du village. À Mezquite, tout le monde avait obtenu du travail grâce à eux ; des boulots dignes et sérieux : ouvriers, manutentionnaires, conducteurs de camions..., et ils payaient bien.

J'ai entendu un bruit du côté du portail.

— Pas de panique, Angustias, ce sont les chèvres ! – Visitación a repris son histoire – : Les Fabres ont fini par contrôler le commerce textile dans toute la région de la frontière. Ils étaient riches, mais ils le sont devenus encore plus. Les filles ont hérité du destin et du pouvoir de la famille. Mais elles n'ont pas su le défendre.

J'ai entendu un autre bruit près du portail. Je craignais qu'il n'y ait une vipère tapie dans les ronces.

— Quand les triplées sont devenues des jeunes filles, Estigia les a envoyées faire des études à la capitale.

Visitación a sorti une cigarette de sa poche, l'a allumée avec la flamme de la gazinière et en a tiré une longue bouffée.

— Tout allait pour le mieux, mais… ahhhh !

Elle a poussé un cri, comme si elle imitait les lamentations des pleureuses dans les veillées funèbres. J'ai cru qu'une bestiole l'avait piquée ou mordue.

— Quoi ? Qu'est-ce que vous avez ?

— Non, rien : ce n'est pas ça… Alors le Cumboto a débordé. Il a emporté tout un pan de la montagne qui s'est effondré sur les bâtiments industriels. Il ne restait plus qu'un tas de boue… – Elle a regardé ma tasse –. Tu ne bois pas ? Tu ne le trouves pas bon ?

J'ai bu d'une traite.

— Reprenez votre histoire.

— Une véritable tragédie… Abundio, qui avait l'art de sentir les points faibles, comme les piranhas savent sentir le sang, s'est pointé chez les Fabres. – Elle s'est levée, les mains sur les hanches, pour l'imiter –. « Tout ce qui ne produit pas, on le réquisitionne ! » a-t-il vociféré sur le perron de la belle demeure, en les menaçant de son arme. Don Francisco est descendu lui ouvrir. Estigia, elle, s'y est refusée et a préféré rester dans sa chambre. Les deux hommes se sont enfermés dans le bureau pendant une demi-heure. Ils en sont ressortis en silence. Estigia Ágave leur a barré le passage. Dans un effort de galanterie, Abundio lui a tendu la main pour la saluer, mais elle l'a ignoré… Je te raconte tout ça exactement comme ma maman me l'a raconté, car c'est elle qui l'a raccompagné jusqu'à la porte d'entrée. C'est pour ça qu'il la détestait : elle avait tout vu.

Fabres avait proposé à Abundio les terrains des filatures en lui faisant promettre de ne pas toucher à la demeure, le seul bien que la banque n'avait pas confisqué. Mais pour Abundio, ce n'était pas suffisant et, tout en posant son revolver sur le bureau, il a exigé d'épouser la cadette, dans l'intention de récupérer sa part d'héritage.

Les noces de Mercedes Fabres Ágave et Alcides Abundio ont eu lieu dans l'intimité. Seuls le curé, le gouverneur de la province, un notaire et quelques membres de la famille étaient présents. Les commerçants de la sierra n'étaient pas là, et ils voyaient d'un œil inquiet les conséquences de cette expropriation. Mais l'absence la plus remarquée fut celle d'Estigia Ágave, qui, deux semaines plus tôt, s'était jetée dans les eaux du Cumboto, les chevilles lestées par des pierres.

— Le couple a eu une petite fille, Carmen, la fille unique de cette union maudite. – Visitación a éteint sa cigarette en la recouvrant de sable –. Sa femme, il l'a sans doute violée. Mais ce pourquoi je le déteste le plus, c'est qu'il a mis ma mère à la porte, sans lui laisser un centime, après trente ans de bons et loyaux services !

Elle a levé sa tasse pour boire la dernière goutte de café et a jeté le marc dans le sable.

— Bon, je vais me coucher. Laisse bien tout éteint. On a intérêt à se faire discrètes, au moins aujourd'hui.

Elle est repartie, les mains sur les hanches, préoccupée.

Je suis restée là encore un peu. Cette histoire ne me touchait pas beaucoup ; on aurait dit une fiction. J'ai caressé le petit couteau qui était toujours dans ma poche et j'ai bu encore un peu de café pour chasser mes angoisses, mais elles restaient là, enfoncées comme des clous dans mon cerveau.

Assise face à la gazinière, j'ai entendu la chouette chevêche, avec son chant de malheur. Quelque chose de mauvais était sur le point d'arriver, ou il était déjà trop tard.

Après son mariage avec Mercedes, Abundio ne s'est pas contenté de contrôler la gestion des filatures : il a aussi voulu faire clairement savoir que le nouveau patron, c'était lui. Il a licencié les ouvriers et tout le personnel de confiance ; au lieu de réparer les machines en panne, il les a vendues à la casse et a réduit les anciens ateliers à de simples entrepôts. Il a pillé l'entreprise et a tout détruit. Il n'allait pas tarder à s'en prendre à sa fille. Il bouillait de rage de ne pas avoir engendré un garçon, mais au moins la petite lui assurait-elle de toucher un pourcentage de l'héritage de sa mère, qu'il soumettait à une surveillance obsessionnelle.

Avant de le promouvoir maire de Mezquite, Abundio a chargé Aurelio Ortiz de quelques missions, de façon à mettre à l'épreuve sa loyauté. Épier Mercedes a été la première de ces missions. Aurelio venait de se marier avec Salvación. Il avait besoin d'argent et a accepté sans broncher.

Il a proposé ses services à la femme de son chef par une nuit d'hiver, sous une pluie battante. Mercedes rentrait d'un séjour dans la demeure familiale, en compagnie de sa fille Carmen, qui devait alors avoir trois ou quatre ans.

— Aurelio Ortiz, pour vous servir.

Elle l'a dévisagé.

— Les gens ne me servent pas, ils travaillent pour moi. Je reconnais bien là le mauvais goût de mon mari. C'est lui qui vous envoie ; je ne me trompe pas ?

Aurelio a hoché la tête.

— Ne perdez pas votre temps et allez dire à Abundio que je n'ai besoin ni de chaperons, ni d'espions.

Sa femme lui avait dit la même chose.

— Alors comme ça tu fais le mouchard, maintenant ? Je ne vois pas pourquoi tu te prêtes à ce genre de chose, Aurelio. Tu ferais mieux de monter ton agence comptable. Signer des documents, enregistrer des ventes… Ce que font les gens normaux, quoi !

Son épouse était autoritaire et voyait le mal partout. Elle passait son temps à le récriminer. Mais elle avait bon cœur, ne rechignait pas à la tâche et savait se montrer solidaire. Elle venait de San Fernando de las Salinas, un village de la côte à cinq ou six heures de la sierra. Noire, imposante et large, elle était comme le *samán*, cet arbre à pluie de nos contrées. Elle voulait créer sa propre marque de produits diététiques, des poudres de perlimpinpin dont elle faisait la promotion avec de grands discours, aussi extravagants que les noms de ses potions : « Ciao double menton », « Plus de bidou », « Matin serein ». Même Visitación achetait ces breuvages.

On ne lui racontait pas de bobards, parce qu'elle doutait de tout. Elle n'avait pas besoin de beaucoup d'informations pour se faire une opinion. C'était pour cette raison que ça ne lui plaisait pas que son mari travaille pour Abundio. Et elle avait raison. Et Aurelio n'avait pas les moyens de la contredire.

Mercedes avait eu vent de ce qu'on disait : qu'Abundio allait aux putes, qu'il élevait des coqs de combat, qu'il buvait de la gnôle avec ses hommes de main et qu'il abusait de son pouvoir sur les terres qui avaient appartenu à sa famille. Mais tout ça lui était bien égal. Tout comme la surveillance à laquelle il la soumettait de jour comme de nuit. Son seul souci avait un nom : Críspulo Miranda. Elle n'aimait pas sa façon de regarder Carmen et de se promener dans leur maison comme s'il était chez lui.

— C'est Críspulo ou nous, tu choisis !

Abundio s'est levé de sa chaise et a tourné autour du bureau en martelant le sol de ses bottes. Il s'est planté face à sa femme et lui a donné une gifle qui lui a fait perdre l'équilibre.

— Tu peux aller où ça te chante, mais Carmen, elle reste ici. Cette gamine, elle est à moi !

Mercedes a remis de l'ordre dans ses vêtements et s'est redressée.

— Ça, c'est ce qu'on va voir… – Et elle lui a craché dessus.

Accroupi derrière les jarres en terre cuite du patio,

Aurelio l'a vue sortir du bureau, le regard sombre et amer. Il pleuvait fort et le vent faisait voler les pots de fleurs. Elle est passée devant lui sans remarquer sa présence, ni celle de Críspulo qui était en train d'affûter une machette.

Un éclair a fait sortir l'homme de la pénombre. Mercedes s'est arrêtée net. Il a laissé tomber l'arme et l'a pointée du doigt. Quand elle a baissé la tête pour comprendre ce qu'il était en train d'essayer de lui dire, une goutte rouge est tombée de son nez et est allée se loger sur son chemisier blanc, comme un point final.

Il était encore tôt et les allées du marché étaient presque désertes. J'ai acheté des moulinets multicolores pour les mettre sur la tombe d'Higinio et de Salustio, avant d'aller voir le vendeur de pneus à qui Visitación avait passé commande.

— Les deux roues sont prêtes. Dites à la dame que je lui en offre une. Elle sait pourquoi.

Il m'a rendu la moitié de l'argent.

J'ai déposé les pneus à l'arrière du pick-up. J'avais soif et j'étais fatiguée, mais j'ai préféré rentrer à Las Tolvarenas, j'avais encore beaucoup à faire. Juste avant d'ouvrir la portière, j'ai entendu des cris.

— Viens ici tout de suite ! Je n'ai pas toute la journée !

C'était le même homme que j'avais vu l'autre jour avec Consuelo. Il hurlait dans la rue, ivre comme la dernière fois. Elle essayait de pousser des caisses pleines de vieilleries.

— Mais porte-les, ces cartons, imbécile ! a-t-il continué à hurler. Fais attention, tu vas tout renverser !

Avec eux il y avait des hommes et des femmes qui trimbalaient des sacs à dos. Ils poussaient des matelas et des tentes. Ils allaient de village en village, comme des chiffonniers. Ils fouillaient dans les poubelles pour revendre ce qu'ils y trouvaient.

— Ne traîne pas les affaires par terre, je te dis !

Je n'aimais pas ses manières. Quelqu'un devait montrer à Consuelo qu'elle n'était pas seule.

— Baissez un peu le ton, s'il vous plaît. Ce n'est pas la peine de crier comme ça.

— Et toi, d'où tu sors ?

— Ne me tutoyez pas ! Et un peu de respect avec la gamine !

— Mais de quoi je me mêle ?

— Du calme. Et si vous continuez à crier, j'appelle la police.

L'homme a fait demi-tour, la queue entre les jambes. J'en ai profité pour rejoindre Consuelo et j'ai sorti de mes poches l'argent que m'avait donné le garagiste.

— Tiens, prends ça et cache-le vite ! Et si tu reviens un jour à Mezquite, viens me voir. Je suis au marché le mardi et le jeudi.

Consuelo s'est empressée de prendre l'argent.

— Je dois y aller ! On m'attend !

Elle a disparu, portant des couvertures qui sentaient le bouc. Elle n'avait plus cet air de petite fille espiègle ; on aurait dit un tas d'os. La frontière était en train de la dévorer à coups de crocs. Et moi avec.

On a quitté la nationale pour chercher quelque chose à manger. On s'est engagées dans la rue principale de Mezquite, qui à cette heure-là grouillait de vendeurs ambulants et d'échoppes où les gens mangeaient des galettes de maïs fourrées au lard et des bouillons de viande, de malanga et de légumes.

— J'ai le ventre qui gargouille ! – Visitación a mis son clignotant et s'est garée en double file –. Dépêche-toi, Angustias ! Pas question de continuer à rouler l'estomac vide jusqu'à Nopales !

Nous avons traversé l'avenue sans respecter le feu rouge.

— Visitación ! Emmène-moi au septième ciel ! ont crié deux jeunes hommes.

Elle a éclaté de rire, toute flattée. C'était impossible de ne pas la remarquer, avec son rire sonore, ses vêtements moulants, son fichu sur la tête et ses grosses cuisses fermes. Plus qu'habiter le monde, Visitación l'aimantait. Et elle le savait bien.

— Je te prête mes ailes pour y monter ! a-t-elle répondu, provocatrice, prenant la pose et ralentissant le pas.

— Je croyais que vous aviez une faim pressante…

— Ne sois pas jalouse, Angustias, laisse-les m'admirer…

En général, il y avait une queue infernale chez le marchand de poulets, mais ce jour-là la boutique était presque vide. Derrière le comptoir, les poulets tournaient sur des broches dans un four à gaz.

— Chúo, mon chéri, donne-moi deux poulets et une portion de yucca ! Allez vite, on est pressées, mon amour !

— Vous avez beaucoup à faire ?

— Un petit mort à Nopales. – Elle s'est penchée sur le comptoir –. Et découpe-moi bien ces poulets, Chúo, sans laisser trop d'os ! Et donne-moi deux bières bien fraîches, c'est pour tout de suite.

— Tout ce que vous voudrez, ma princesse !

Il lui manquait un œil. Encore un qui élevait des coqs de combat.

Visitación a pris les cannettes, a ouvert la sienne, en a bu une longue gorgée et s'est essuyé la bouche avec le petit mouchoir froissé qu'elle portait toujours à la ceinture.

— Bois donc, ma fille, tu es sèche comme une trique. Regarde-moi un peu, regarde ce corps plein de vigueur !

Elle a allumé une cigarette et s'est affalée sur le bar, la cigarette dans une main et la bière dans l'autre.

— Qu'est-ce que tu penses de cette folie ?

— Laquelle ?

— Ben, passer sa vie à enterrer des morts.

Elle a bu une deuxième gorgée.

— Tu as appris à faire du ciment et à passer de l'enduit sur les tombes, mais tu ne connais pas encore le secret le plus important pour bien enterrer les morts.

— Et c'est quoi ?

— Être bien vivante ! Mais ça, tu ne sais pas faire : tu ne dors pas, tu ne manges pas, tu ne baises pas.

— Ça, je vous le laisse. Vous faites ça bien mieux que moi.

— Attention, Angustias, je lis dans tes pensées ! – Elle s'est retournée –. Chúo, mets-moi aussi un petit poulet, je vais le partager sur place avec Angustias !

Elle a pris un air solennel ; signe qu'elle s'apprêtait à me débiter un de ses discours.

— Je mange parce que j'ai faim et je ris parce que j'aime ça. C'est dans ma nature. C'est pour ça que mon chéri est tombé amoureux de moi : je sais profiter de la vie ; la vie et la mort, ça me connaît...

Elle a souri, tout en se caressant les hanches.

Pour ses soixante ans, elle avait encore de l'allure. Après avoir quitté son mari, elle avait eu deux ou trois amoureux, tous bien plus jeunes qu'elle. Elle avait vingt ans de plus que Víctor Hugo. Le jeune homme était docile et un peu trop bavard, mais elle s'en fichait. Ils ne vivaient pas ensemble, parce que ça lui allait mieux comme ça.

— J'en ai bien assez élevé comme ça, des gosses ! Alors je lui ai dit : « Écoute, mon amour, moi ce que j'aime c'est les beaux mecs, bien soignés. Alors si tu veux, on va plus loin... »

La troisième gorgée lui a délié la langue.

— Víctor Hugo, ce n'est pas un rapide et il faut tout lui expliquer, mais au lit, il sait y faire. Sauf quand il s'agit de dépenser tout son argent au jeu, il fait ce qu'on lui dit... et ça, c'est important. Baiser, ça aide à se sentir en vie, Angustias. Mais toi, tu es une vraie nonne. Sœur Angustias !

Sœur Angustias ! – Elle recommençait –. À force d'enterrer des corps, j'ai fini par comprendre que notre corps, il faut savoir l'utiliser. – Elle a regardé autour d'elle tout en exhalant deux colonnes de fumée par le nez –. Moi, je sais beaucoup de choses, et mon savoir, j'en fais profiter… Tu vois ce que je veux dire ? – Et elle a donné deux petites tapes au niveau de son entrejambe.

J'ai bu ma bière parce qu'à ce rythme, elle était capable de la terminer, et nous avions encore de la route à faire.

— C'est ça, Angustias : droit au gosier ! – Elle a trinqué –. Santé ! C'est pas tous les jours comme ça, juste de temps en temps… – Elle a pris son air de sainte et a continué à débiter son sermon –. Quand les gens entrent dans un cimetière, ils ont peur. C'est moche, c'est bizarre. Mais ceux qui vont au Tiers Pays veulent y rester, parce que la paix y règne… Pour moi, les vivants et les morts sont égaux. Tous n'ont pas la chance de naître, mais tous vont mourir.

Le vendeur a servi le poulet fumant sur une assiette en carton. Visitación s'est jetée sur la cuisse.

— Ahhh, Chúo, on va se lécher les babines ! – Quand elle mâchait, sa bouche avait l'air plus grande encore –. Tu en veux, sœur Angustias ? Ou tu fais un jeûne ? – J'ai fait non de la tête –. Tu ne peux pas vivre d'eau fraîche. Tu parles, tu vis et tu penses comme si tu avais encore cinq ans.

J'entendais résonner le bruit de ses dents en train de triturer les cartilages. Sa bouche était couverte de graisse comme si elle s'était maquillée avec du saindoux.

— Toi, ça ne te manque pas ?

— Le poulet rôti ?

— Tu sais bien de quoi je parle. Le plumard, la bagatelle, tout ça… Ton mari était plutôt beau gosse.

— Les hommes, ils se valent tous. C'est vous-même qui l'avez dit.

— Ne fais pas ta sainte-nitouche. Il ne faut pas tout prendre au pied de la lettre.

— Et c'est la Vierge Marie de Las Tolvaneras qui le dit !

Visitación a éclaté de rire.

— Chúo, combien je te dois ? – Elle a mordu dans le blanc de poulet et elle a fini sa bière –. On y va, je suis en double file et je ne veux pas prendre une prune !

Nous sommes tombées sur Críspulo Miranda en sortant de la boutique.

— Bien le bonjour, mesdames.

— Qu'est-ce que tu as fait de tes chiens ? Ils ne sont pas avec toi ?

— La faim leur fait le plus grand bien. Vous voyez ce que je veux dire, pas vrai ?

— Tu es vraiment une ordure, Críspulo. Ôte-toi de ma route : je n'ai pas très envie de me battre aujourd'hui !

L'homme de main nous a laissées passer en nous scrutant de ses yeux de serpent.

— Deux femmes seules sur la route de Nopales… Soyez prudentes, il y a pas mal de sales types.

En entendant sa voix, je me suis tout de suite retournée.

— Et vous, qu'est-ce que vous en savez ? Et puis qu'est-ce que ça peut vous faire ?

— Críspulo voit tout, Angustias.

Dans la rue, ça sentait le bouillon et la friture. Et la chair fraîche.

— Angustias, arrête un peu de crier !

Je me suis frotté les yeux et les joues me piquaient.

— S'il vous plaît… !

— Si tu baisais, tu dormirais mieux ! Il faut que tu te décoinces, ma belle !

Depuis le jour où étaient apparus les petits jaguars en bois sur la tombe des jumeaux, je ne pouvais presque plus fermer l'œil, ou alors je faisais des rêves bizarres : des Saintes Vierges qui accouchaient de tigres, des Vierges Immaculées qui tenaient dans leurs bras des ocelots, des pur-sang qui explosaient en mille morceaux et se volatilisaient. Mais mon dernier rêve était différent. Je marchais dans le Tiers Pays, des ciseaux de coiffeur à la main. J'étais pieds nus et je portais une jupe faite de serpents irisés pendus à la taille. Le vent les agitait comme une fine soie faite d'écailles et de venin.

Au loin, j'entendais des aboiements, mais je me sentais invincible sous mon armure de vipères affamées. Quand je suis arrivée devant la tombe de mes enfants, un homme priait à genoux.

— Va-t'en ! ai-je crié sans ouvrir la bouche, telle une Vierge en colère.

Il ne s'est même pas retourné.

— Qu'est-ce que tu veux ? Parle !

La fureur a parcouru mon corps. Les vipères se sont détachées de ma ceinture comme les fils d'un tissu et se sont jetées sur lui pour l'immobiliser. Debout, les jambes nues, je les ai regardées. Elles lui brisaient les os. Les uns après les autres.

— Bon Dieu ! C'est pas le moment ! – Visitación a jeté son mégot par la fenêtre.

Un embouteillage bloquait la départementale : camions, voitures, bus, fourgonnettes et convois militaires, la route était bondée. Visitación a allumé une autre cigarette et a craché la fumée comme une dragonne.

— Tiens-toi prête, Angustias : on va dans le bled le plus moche de la sierra.

— Lequel ne l'est pas ?

Nopales grouillait de lieux de perdition où l'on pariait sur les coqs de combat et se saoulait. Bien que monnaie courante dans les villages le long de la frontière, ceux-là se distinguaient des autres parce qu'ils jouissaient de la protection d'Abundio, qui se chargeait d'y envoyer ses plus éminents spécimens : des coqs combatifs et flamboyants, les yeux injectés de sang, la crête fière et le bec d'acier.

Personne ne pouvait résister au spectacle bon marché : voir les animaux mourir dans ces combats arrosés de sang et de gnôle, principale source de revenus de ce village. Abundio avait fait de Nopales un laboratoire. Il avait introduit des variantes dans les combats et prenait une commission sur les paris. Même quand il perdait, il gagnait de l'argent.

De tous les combats, il appréciait particulièrement une version qu'il avait lui-même introduite et qui faisait fureur auprès des habitants de toute la région. On l'appelait La Plage. C'était simple mais efficace. Il obligeait ses hommes de main les plus faibles à s'allonger nus la tête dans le sable. Il en choisissait une vingtaine. Les autres filmaient avec leur téléphone et faisaient des blagues vulgaires.

Dès que la cloche sonnait, tout le monde se mettait à crier. Les volatiles donnaient des coups de bec sur un tapis d'hommes nus et morts de peur qui comprenaient à peine ce qui leur arrivait. Ils se protégeaient la tête, désespérés, plongés de force dans un purgatoire. La plupart étaient anesthésiés par l'alcool. Certains mouraient pendant le combat, épuisés et anéantis, frappant aux portes de l'enfer.

Les paris, le trafic d'animaux et les règlements de comptes entre bandes de délinquants avaient condamné les habitants de Nopales à vivre reclus chez eux, redoutant aussi bien leurs voisins que les étrangers. Nopales manquait de tout. Il n'y avait ni dispensaires ni écoles. On envoyait les enfants à l'école de Mezquite et de Villalpando, et presque tous abandonnaient leurs études pour finir sicaires. Ils ne savaient pas lire, mais en matière de mort ils étaient incollables.

Le village avait une place, une église, une mairie en ruine, une rue pleine de bars et un marché où l'on vendait des reptiles, des perroquets, des crapauds venimeux, des coqs de combat, des singes et des trémoises, une espèce d'anguille qui, semblable à la raie, électrocute les chevaux dans les abreuvoirs du Cumboto.

La Jeune Fille Morte était sa sainte patronne, une Vierge-cadavre qui protégeait les commerçants : un squelette affublé d'une robe de mariée et d'une auréole de feu blanc. On l'appelait « la Petite Vierge des Oubliés », les hommes de main demandaient sa protection et on organisait en son honneur des cérémonies d'exhortation et de supplication. Les offrandes consistaient en des animaux, des bouteilles d'eau-de-vie, des dents de lait et des « os du saint », ces bonbons blancs nappés de sucre glace. Ses adorateurs croyaient dur comme fer en ses miracles.

Un vent sec et mauvais nous a conduites au village. Après avoir erré quelques minutes, nous nous sommes postées devant la maison de Candelaria Macario. La porte arborait un Sacré-Cœur décoré avec une guirlande de *sansevieria,* une plante succulente à laquelle on attribuait des vertus médicinales et que les gens de la sierra conservaient dans leur maison pour chasser les maladies.

Candelaria avait soixante-dix ans. Elle était maigre et aveugle. Elle avait consacré sa vie à s'occuper de Jesús, son fils unique. Quand les médecins lui ont diagnostiqué une leucémie, elle l'a soigné comme si c'était une partie de son corps qu'on allait finir par lui amputer.

C'était pour ça qu'on était là. Pour les embaumer. Tous les deux.

Nous avons traversé un vestibule plein de fougères et de jarres. Guidées par la lumière au bout du couloir, nous sommes passées par un salon meublé de trois fauteuils et d'une table de chevet sur laquelle étaient posées des figurines en terre cuite et des photos jaunies. Tout un univers peuplé de fantômes.

— Candelaria, ma chère, c'est moi, Visitación !

— Entre, ma belle, a crié la femme depuis le bout du couloir.

Nous nous sommes arrêtées sur le seuil d'une chambre plongée dans la pénombre. Nous avons appuyé sur l'interrupteur et une pauvre ampoule tremblotante a éclairé la pièce. La vieille femme portait un jeune homme dans ses bras. On aurait dit une Vierge aveugle, vêtue d'une robe de chambre. Candelaria promenait ses mains sur le visage de son fils. De la pulpe de ses doigts, elle transcrivait dans son esprit les traits d'une peau qui avait cessé de vivre.

— Il est parti à trois heures de l'après-midi. Les papiers officiels sont là.

Visitación a cherché le dossier et a jeté un œil sur les attestations du médecin légiste.

— C'est toi qui vas te charger de l'enterrement, pas vrai ?

— Je suis venue pour ça.

L'ampoule crépitait.

— Candelaria, allez donc vous coucher ; il faut dormir.

— Je ne veux pas, a-t-elle répondu en maintenant les mains sur le visage de son fils.

— Je peux rester avec lui jusqu'à demain matin, a insisté Visitación.

— Je ne bougerai pas d'ici.

J'ai fait un pas vers elle.

— Candelaria, vous devez vous reposer, et lui aussi.

La femme a relevé la tête en humant l'air.

— C'est toi, Angustias Romero ?

— Oui, c'est moi.

La pièce sentait le médicament et la sueur.

— On dit que tu es allée vivre à Las Tolvaneras auprès de tes jumeaux morts. C'est vrai ?

— Tout à fait.

— Alors ne me demande pas de faire avec mon enfant ce que tu n'as pas fait avec les tiens.

Les coqs ont chanté, déboussolés. Ils ne saluaient pas le jour, ils ne faisaient qu'attendre la mort.

Candelaria est tombée de sommeil comme un vieil arbre fatigué. Je l'ai accompagnée au lit et j'ai plongé ses dents en résine dans un verre d'eau avec du bicarbonate. Elle ressemblait à un bébé au pied de la tombe.

Visitación a préparé le corps de Jesús. Il portait une chemise de nuit souillée par les humeurs que les moribonds laissent avant de quitter la vie sur terre. À nous deux, nous l'avons déplacé dans la salle à manger. Elle le soutenait par les aisselles et moi par les chevilles. Nous l'avons allongé sur la table.

— Enlève-lui ça, Angustias.

Sous la chemise de nuit, nous avons découvert un cadavre qui ne portait qu'une couche.

— Il doit être mort plus tôt que ce que prétend sa mère. – Visitación a replié ses poignets –. Il est déjà tout raide.

Elle a répété l'opération avec les coudes et les doigts. Le corps émettait des bruits secs, semblables à un crissement.

— Fais attention. Mouille bien les cotons. Ici il n'y a pas d'eau et rien ne doit dégouliner.

J'ai sorti un flacon de désinfectant de la trousse métallique où nous gardions les instruments et j'en ai imprégné le coton avec lequel Visitación a frotté les orifices du visage, ainsi que le nombril, les aisselles et l'entrejambe.

— Le nez, c'est comme ça qu'il faut le nettoyer, a-t-elle déclaré, et ensuite on aspire. L'hygiène de la bouche, c'est plus délicat. – Les lèvres étaient entrouvertes et violacées –. Maintenant, il va se montrer sous son vrai jour. – Visitación a couvert son index avec du papier buvard et a massé ses gencives –. Ça, c'est pour qu'il retrouve son expression. – Puis elle a gratté une couche jaune qui recouvrait sa langue –. Ça, c'est contre les bactéries et les mauvaises odeurs. – Elle l'a rasé en soutenant la joue de l'intérieur pour étendre la peau –. Si je le coupe avec le rasoir, il ne saignera pas, mais ensuite ça fera des taches.

Elle a déchiré une autre feuille de buvard et a essuyé les traces de mousse. Elle a cherché la brosse dans la trousse et l'a coiffé avec soin. Elle est partie dans la cuisine puis est revenue avec un chiffon humide.

— Quand on les mouille, les cheveux parlent.

Elle a plongé le peigne et a démêlé patiemment sa chevelure.

— Attendez ! – J'ai sorti mes ciseaux.

J'ai coupé puis égalisé la nuque. Visitación a fait un signe d'approbation et a peaufiné le travail au peigne.

— La seule différence entre lui et nous, c'est la respiration. Toi et moi on peut encore respirer ; pas lui.

Elle évoluait avec assurance et précision. Elle a fignolé jusque dans les moindres détails la position des mains et a joint ses pieds.

— Les morts, Angustias, il faut leur donner tout ce que la vie leur vole en quelques heures à peine. Ce qui compte, c'est qu'on croie qu'il est encore de ce monde, même s'il n'y vit plus, tu comprends ? – J'ai hoché la tête –. On doit faire un miracle : quand sa maman se réveillera, elle doit le trouver presque vivant.

— Mais Candelaria est aveugle.

— Je n'arrive pas à croire que tu ne saches pas ce qu'une mère ressent quand elle enterre son enfant. Il faut qu'il sente bon le savon ! Qu'en touchant ses cheveux elle sente leur humidité ! Comme s'il venait de sortir de la douche ! Va chercher du papier ou du tissu, ce que tu trouveras, n'importe quoi qui puisse nous servir de coussin.

J'ai arraché de la porte la couronne de *sansevieria*. Visitación l'a placée sous la tête de Jesús en guise d'oreiller.

— Nous avons terminé.

Candelaria écoutait, s'agrippant au cadre de la porte. On aurait dit une chouette. Elle s'est approchée jusqu'à la table et a parcouru à tâtons le visage de son fils. Un sourire s'est esquissé sur sa bouche édentée.

— Que Dieu te bénisse, ma belle.

— Amen, ma chère.

Visitación a enfoncé la pédale de frein. Deux pick-up barraient l'entrée du Tiers Pays. Víctor Hugo attendait, flanqué de Reyes et de Críspulo, qui était là avec ses chiens.

— Víctor Hugo, mon chéri, qu'est-ce que tu fais là ? Ouvre le portail ! a-t-elle crié en se penchant par la vitre de la portière. Fils de pute !

Elle a passé la première et a foncé dans la palissade. Elle était hors d'elle. Reyes a tiré en l'air pour l'intimider. Elle a fait marche arrière et a recommencé. Le chauffeur a tiré une seconde fois. La balle est allée se loger dans le rétroviseur.

— Angustias, prends le volant et reste avec Candelaria ! Ne sors pas du pick-up tant que je ne te le dis pas !

Elle est sortie de la cabine les mains vides ; elle n'a même pas pris la pelle ou une machette.

— Le cimetière est sous scellés. – Reyes pointait sur elle son fusil.

— Ça, c'est ce qu'on va voir ! Ouvre immédiatement !

— Tant que l'arrêté municipal ne sera pas levé, vous ne

pouvez enterrer personne. Calmez-vous et raccompagnez cette dame chez elle. – Reyes a essayé de la raisonner.

— Qu'Aurelio Ortiz vienne me le dire lui-même. Qu'est-ce qu'il fout ? Il est en train de se faire une manucure ?

— Un peu de respect, madame. Aujourd'hui, c'est jour de paie et monsieur le maire doit recevoir ses employés et ses fournisseurs.

— Monsieur le maire ? a-t-elle ricané, furieuse.

J'ai cherché la carabine sous le siège. Elle n'avait presque plus de cartouches et je ne savais pas viser, mais ça m'était égal, j'étais prête à tout.

— Candelaria, baissez-vous ! Je reviens tout de suite.

J'ai tiré sur la poignée et je suis sortie à toute vitesse. Visitación continuait à chercher la bagarre.

— Comme ça ton chef..., pardon, monsieur le maire est occupé. Le pauvre ! – Elle a rajusté son fichu –. Il n'a même pas le courage de venir me dire de fermer le Tiers Pays ! Et toi, Críspulo, heureusement que ta mère est morte... Quelle honte d'avoir engendré une ordure comme toi !

L'homme de main a caressé le dos du berger allemand.

— Il n'y aura jamais aucun dieu pour vous pardonner ! Ni toi, ni Aurelio Ortiz, ni ce traître !

Víctor Hugo a baissé les yeux.

— Qu'est-ce qui s'est passé, mon petit chéri ? Ils t'ont prêté de l'argent pour payer tes paris, c'est ça ? Quand ces types t'auront rempli la bouche de mouches, tu iras dire à Belzébuth que tout ce que tu avais de bon dans la vie, c'était ça.

Visitación a tapoté son entrejambe et s'est tournée vers Críspulo.

— Si tu es si courageux, laisse tes molosses et viens ici, rien qu'avec tes deux mains pour te battre !

— Ton petit mec nous a ouvert la porte. – L'homme de main a désigné Víctor Hugo qui tremblait comme une feuille –. Il sait de quel côté il a intérêt à être, ma petite mère. Ça fait longtemps qu'il nous dit tout : à quelle heure tu sors, quand tu rentres, qui vient vous rendre visite.

Quand je l'ai vue se ruer sur lui, les poings fermés, j'ai retiré le cran de sûreté de la carabine. Críspulo a lâché la corde du berger allemand et j'ai appuyé sur la détente. Le chien est tombé raide mort ; sa tête a éclaté comme une noix. J'ai couru vers Visitación. Elle était couverte de sang, et je ne savais pas si c'était celui du chien ou le sien.

— Vous êtes blessée ?

— Mais non ! Lâche-moi, je vais étriper Víctor Hugo ! Traître ! Sale cochon ! Mouchard ! Tu vas me le payer !

Je l'ai fait monter dans la cabine en la poussant et j'ai mis la marche arrière. Deux coups de volant plus tard, j'ai rejoint la route principale. Dans le rétroviseur, les trois hommes étaient debout face au cadavre du berger allemand.

— On va à Mezquite, tout de suite, a-t-elle ordonné. Il n'est pas encore né celui qui aura le dessus sur Visitación Salazar ! Coup de pied de mule ne tue pas un cheval !

— Visitación…

— Tais-toi, Angustias, et fais ce que je te dis.

Elle avait perdu tout usage de la raison.

C'était jour de paie à Mezquite. Tout le monde était en ébullition. Les vendeurs ambulants hélaient le chaland et les commerçants de la sierra livraient leurs marchandises. Nous nous sommes garées devant la porte de la mairie où une foule d'hommes et de femmes quémandaient à Aurelio un emploi, de quoi se nourrir ou se soigner.

— Angustias, je reviens tout de suite.

— Non, pas sans moi !

— Toi, tu restes avec Candelaria !

— Qu'est-ce que vous allez faire ?

— Exiger que justice soit faite, rien que ça !

— Ne dites pas de bêtises. Vous ne bougerez pas d'ici.

- Je l'ai prise fermement par le bras, mais elle s'est dégagée et a marché en direction de la mairie.

Jairo, qui était allé au marché pour chanter, s'est planté devant nous en jouant une note d'accordéon. Visitación l'a bousculé.

— Mais qu'est-ce qui vous arrive ? Où allez-vous ?

— Je vais voir le maire pour lui chanter ses quatre vérités !

— Si vous voulez, on le fait en musique…

— Laisse-moi passer, Jairo. Ne m'énerve pas.

— Très bien, mais écoutez Angustias : laissez-la vous accompagner.

— Je n'ai pas besoin d'elle, ni de toi, ni de personne !

Le musicien s'est approché du pick-up et s'est penché par-dessus la vitre.

— Candelaria, très sainte femme !

— Que Dieu vous bénisse, mon petit.

Visitación l'a regardé, méfiante.

— Vous avez fini vos salamalecs ?

— Allez-y avec Angustias, moi je reste avec Candelaria.

— Candelaria, vous connaissez cet énergumène ? a demandé Visitación.

Elle a hoché la tête.

— Cette brave femme vient de perdre son fils. Alors pas d'entourloupe, et attendez-moi là.

— Vous pouvez compter sur moi.

— Et toi, – Visitación s'est tournée vers moi – tu viens avec moi.

Elle a soulevé la bâche qu'on avait posée sur le cercueil, découvrant le corps sans vie de Jesús, enveloppé dans son linceul, à côté de la pelle et des cordes.

— Prends-le sous les bras, moi je m'occupe des pieds !

Je n'ai pas osé lui tenir tête.

Un attroupement s'est formé autour de nous.

— Qu'est-ce que vous faites, Visitación ? Vous êtes devenue folle !

— Un peu de respect ! s'est interposé quelqu'un. Visitación est la seule qui prend soin des autres, ici !

— Occupez-vous de vos affaires !

— Avec ce mort, elle est en train de tous nous mettre en danger !

— Et celle qui l'accompagne, elle a apporté le virus !

— Et son mari, il fricote avec les irréguliers !

— C'est vrai, et en plus, ils viennent tous les deux de la sierra orientale ! Va-t'en ! Dégage !

Une voix a interrompu la foule :

— Du calme, silence !

C'était Consuelo... ou ce qui en restait. Un ventre d'au moins six mois avait poussé de son corps osseux et famélique.

— Nous connaissons tous ces femmes ! À chacun elles nous ont prêté secours ! Toi, – elle a défié une femme – elle t'a donné à manger ! Vous, a-t-elle lâché à un autre, elle vous a aidé à enterrer votre femme, et sans rien vous demander en échange ! Et maintenant tout le monde est contre elles !

— Retourne de l'autre côté de la frontière ! Ingrate ! Et ton boulot dans un bar à putes, c'est aussi Visitación qui te l'a trouvé ?

— Ce que je fais, ça ne vous regarde pas, a répondu Consuelo.

— Retourne donc mettre bas dans ton bled !

La foule nous est tombée dessus. Visitación s'est frayé un passage à coups de coude. Je la suivais, poussant la brouette pour transporter Jesús jusqu'à l'entrée de la mairie. Consuelo m'escortait.

— Derrière !

Elle a saisi la pelle et l'a brandie.

Les gens se sont écartés pour nous laisser passer, et les vigiles de la mairie ont fait semblant de ne rien voir. C'est comme ça que nous avons finalement pu atteindre le bureau d'Aurelio Ortiz.

Visitación a poussé la porte d'un coup de pied et a marché vers le bureau où le maire était en train d'engloutir une *empanada* à la viande.

— Aurelio Ortiz, tu as mis le Tiers Pays sous clef ! a-t-elle crié, furibarde.

— C'est une mesure administrative. – Il parlait la bouche pleine tout en s'essuyant les mains sur une serviette froissée.

— Non, mon grand ! Ça, ce n'est pas une mesure administrative : c'est une injustice ! Angustias, rapplique !

Aurelio m'a regardée en faisant non de la tête. J'ai poussé la brouette jusqu'au bureau du maire.

— Ne m'obligez pas à appeler la police ! a-t-il menacé.

Jairo a fait son apparition au bras de Candelaria. Ils allaient ensemble : lui, l'accordéon pendu à la poitrine, et elle, marchant lentement avec ses espadrilles en toile noire.

— Angustias, viens m'aider ! a ordonné Visitación.

À nous deux, nous avons soulevé le corps et l'avons étendu sur le bureau.

— À toi de décider, Aurelio Ortiz. Qu'est-ce que tu vas faire avec ce mort ? Puisque je ne peux pas l'enterrer au Tiers Pays, il va bien falloir le mettre quelque part.

Les yeux rivés sur la dépouille, le maire s'est mis à vomir.

— Retirez-moi ça de là, sur-le-champ ! a intimé Aurelio Ortiz, tout en essuyant son visage avec un mouchoir.

— Je ne peux pas le bouger, monsieur le maire, a répondu un policier.

— Si ça vous fait si peur, demandez à Gamboa de le faire, a-t-il déclaré en regardant un autre homme.

— Moi non plus, je ne toucherai pas cet homme.

Dehors, dans le couloir, la foule essayait d'entrer. Personne ne voulait rater le spectacle.

— Mettez-moi tout ce monde dehors. Dites-leur de revenir demain, la mairie est fermée.

Les policiers n'ont pas bougé d'un pouce.

— Gamboa, sur-le-champ ! – Aurelio ne savait plus quoi faire : plus personne ne lui obéissait.

Consuelo a fait mine d'intervenir.

— Toi, tu restes bouche cousue ! – J'ai enfoncé les ongles dans le bras de la jeune fille –. N'en rajoute pas !

Aurelio Ortiz est resté à observer le cadavre étendu sur son bureau entre les papiers froissés et les restes de nourriture. Il ne pouvait pas échapper à son infortune. Il n'y avait plus rien à faire.

— Vous avez gagné, Visitación. Deux employés municipaux vont vous escorter pour aller rouvrir le cimetière, mais faites-moi le plaisir d'enlever cet homme d'ici.

Et c'est comme ça qu'Aurelio Ortiz a levé la réquisition municipale du Tiers Pays et a concédé un délai supplémentaire avant sa fermeture définitive.

Au village, on le traitait de lâche. Et on n'avait pas tort, sauf que ce n'était pas pour les bonnes raisons.

— Vous n'allez pas vous en sortir vivant ! Rappliquez immédiatement ! a crié Abundio au téléphone.

Quand il s'est rendu à la propriété d'Abundio, en fin d'après-midi, Aurelio a trouvé le vieux assis dans le fauteuil en cuir de son bureau. Il tenait sa carabine d'une main et de l'autre, un chiffon imbibé de graisse avec lequel il nettoyait l'arme.

— Entrez, je ne vais pas vous tirer dessus tout de suite ! Avec un peu de chance, et si vous me donnez des explications valables, je le ferai demain. – Le vieux a claqué des doigts –. Perpetua, dehors ! Va voir là-bas si j'y suis. Et laisse-moi le téléphone, je n'aime pas te voir avec ce truc dans les mains.

La jeune fille l'a posé sur la table avant de sortir sans broncher.

— Qu'est-ce que vous faites là, Aurelio ? Entrez, je n'ai pas toute la journée !

Abundio a rangé la carabine à côté de ses autres armes et s'est servi un whisky. Aurelio avait les jambes en guimauve et son cœur battait à tout rompre. Il n'arrivait pas à savoir si ce qu'il entendait, c'était le claquement de ses dents ou le tintement des glaçons dans le verre.

— Vous vous êtes fait baiser par une vieille négresse avec un cadavre. Comment avez-vous pu laisser Visitación entrer dans votre bureau avec ce tas de barbaque ? Et pire que ça... comment avez-vous pu vous plier à ses exigences ?

Abundio l'a regardé droit dans les yeux, le verre de whisky à la main.

— Si ça continue comme ça, c'est elle qui va nous donner des ordres. Ce qui me tracasse, ce n'est pas qu'elle ait désobéi, mais que vous, vous m'ayez déçu. J'ai horreur des hommes déloyaux.

Aurelio s'est raclé la gorge et a baissé les yeux.

— Regardez-moi quand je vous parle, bordel ! Soyez un homme ! J'ai été très clair avec vous : il faut la détruire et la fermer pour de bon, cette décharge. J'ai promis ce dépotoir aux irréguliers, et vous savez très bien ce qui se passe quand on ne leur tient pas parole ! Le Mono a l'intention de se faire tailler des bottes neuves avec votre peau, Aurelio ! – Abundio a pris un air solennel –. Vous m'avez fait mentir et moi, dans ces circonstances, il m'est très difficile de vous protéger... vous ou vos enfants, ou votre femme. – Il s'est levé pour remplir son verre –. Vous avez des ambitions de pauvre, Aurelio ! – Puis, baissant la voix, il a ajouté – : Au fond, votre truc, c'étaient les petites calculatrices qui font les racines carrées, les petits coups de tampon, les soustractions, les divisions, et jouer au comptable sur le marché de Cucaña.

Le maire a regardé l'armoire pleine de carabines et,

l'espace d'un instant, il a songé à en prendre une pour descendre Abundio une bonne fois pour toutes.

— Je me suis trompé à votre sujet…

Aurelio Ortiz, diplômé en administration et conservateur des hypothèques, s'était fourré dans une de ces affaires dont on ne se sort qu'en se faisant sauter la cervelle ou en disparaissant sans laisser de traces.

— À partir de cette minute, le commando guérillero va chercher votre tête pour la pendre à un réverbère de la départementale ! a hurlé le vieux pour le ramener à la réalité.

Ça revenait au même. De toute façon, s'il n'était pas assassiné par le commando du Mono, Abundio lui tendrait une de ces embuscades dont il avait le secret. Il lui enverrait n'importe lequel de ces gorilles qu'il employait pour racketter les commerçants de la sierra. Dans les villages de la frontière, la moindre ombre, aussi mince et fugace fût-elle, cachait un prédateur.

— Interdire d'enterrer ces morts ne changera rien à l'affaire. – Aurelio a avalé sa salive.

— Qu'est-ce que vous avez dit ? Répétez-moi ça, a demandé Abundio en faisant semblant de tendre l'oreille.

Le maire s'est figé.

— Répétez voir !

— Je dis que fermer le Tiers Pays finira par servir les intérêts de Visitación. Les gens vont vous détester encore un peu plus.

— Vous êtes vraiment une triple andouille. Comment croyez-vous que ça fonctionne à Mezquite ? Les gens ne m'ont jamais aimé, mais ils ont peur de moi et c'est bien suffisant. – Il a lâché un ricanement qui a laissé voir ses trois molaires en or –. Ici c'est moi qui commande ! Si vous êtes devenu maire, c'est grâce à moi et aux votes que je vous ai obtenus ! Pas parce que les gens vous appréciaient…

Abundio a marqué une pause.

— Qui est Aurelio Ortiz et qui est Alcides Abundio ?

— Les gens ont le droit d'enterrer leurs morts…, a-t-il répondu dans un filet de voix.

— Attention, si vous continuez comme ça, c'est vous que la négresse pourrait enterrer bientôt.

Il a regardé l'heure à l'horloge accrochée au mur et a fait un geste pour qu'Aurelio sorte de son bureau.

— Vous êtes relevé de vos fonctions et de toutes les missions que je vous ai confiées.

Aurelio est sorti du bureau à reculons.

— Vous pouvez marcher normalement, espèce de mauviette. Je ne vais pas vous tirer dans le dos. Il y en a qui en ont plus envie que moi. Que Dieu vous garde, Aurelio. Moi, je ne peux plus le faire… et je n'en ai aucune envie.

Le maire a traversé les couloirs de la demeure avec la certitude que c'était la dernière fois qu'il y mettait les pieds. À l'entrée, il est tombé sur Mercedes. Elle avait l'air épuisée. Elle était hors d'elle.

— Carmen, viens ici immédiatement !

— Attendez un peu, maman.

— Viens ici, je te dis !

— Doña Mercedes, ne vous mettez pas dans cet état, la petite est en train de jouer…

— Taisez-vous, Misericordia. L'éducation de cette petite, c'est mon affaire.

Aurelio est parti se cacher derrière une colonne. Assise

sur les racines du chêne vert, Carmen observait Críspulo qui d'une main tenait un bout de bois et de l'autre un petit couteau.

— Éloigne-toi de ma fille ! a crié Mercedes, mais l'homme de main n'a même pas levé les yeux.

— Maman, Críspulo est en train de me fabriquer une petite flûte !

Mercedes a donné une gifle à sa fille. Puis une autre, et encore une autre.

— Ne me frappez pas, ma petite maman ! Críspulo est mon ami !

— Críspulo n'est pas ton ami !

Misericordia a posé la main sur l'épaule de la femme.

— Doña Mercedes, ça suffit.

Elle s'est retournée, hystérique, les cheveux en désordre.

— Mêlez-vous de ce qui vous regarde et laissez-moi tranquille. – Elle a disparu dans les couloirs en traînant sa fille.

Críspulo a achevé la flûte et l'a posée sur la table de l'entrée ; puis il a replié la lame du couteau et s'est mis en route vers le chenil.

Aurelio Ortiz a traversé le couloir désert qui menait à la porte d'entrée. Sur les dalles, quelque chose de blanc et de brillant a attiré son regard. Il a cru que c'était une boucle d'oreille et s'est baissé pour la ramasser.

C'était une dent de lait, tachée de sang frais.

Pendu à la pancarte LE TIERS PAYS, le berger allemand de Críspulo Miranda se vidait de son sang sous le soleil de midi. Sur le sable, une nuée de mouches tournait autour de la flaque rouge. Nous avons aspergé le chien de kérosène et y avons mis le feu. La fumée a noirci l'air d'une odeur lourde et funeste.

Nous avons enterré Jesús après avoir récité un Notre Père, on n'avait pas le temps de faire plus. Jairo est resté en retrait, l'accordéon dans le dos, et Consuelo se tenait à côté de Candelaria, qui récitait des prières à voix basse, perdue quelque part dans son monde d'aveugle.

Visitación et moi avons mélangé le ciment, puis nous avons scellé la tombe. Nous menions une course contre le temps. Las Tolvaneras ressemblaient à un immense sablier qui nous engloutissait. Désormais, tout ne pouvait plus que décliner. Qu'Aurelio Ortiz ait cessé d'être un lâche une fois dans sa vie et qu'il ait reporté la fermeture du cimetière ne nous ménageait qu'un répit, rien de plus. Entre la colère d'Abundio et les morts se tenait le Tiers Pays, réclamant la déclaration d'une bataille que nous n'étions pas capables de livrer.

Nous avons tout rassemblé pour tout mettre dans la remise. Avant de partir, j'ai ramassé deux couronnes de feuilles de palmier et je les ai apportées sur la tombe de mes enfants. Malgré tous mes efforts pour bien les disposer, je les ai trouvées pitoyables et laides. Tout comme la dalle. Les tombes ne changeaient jamais d'aspect. Elles étaient intransigeantes. Autour d'elles rien ne poussait, pas même un brin d'herbe.

Visitación a appuyé sur le klaxon.

— Angustias, dépêche, on est en retard !

Quand je me suis baissée pour placer les couronnes, j'ai trouvé des bonbons.

— Si tu ne viens pas immédiatement, je te laisse ici ! a-t-elle aboyé.

J'ai ramassé les bonbons et j'ai couru vers le pick-up. Consuelo et Candelaria étaient dans la cabine avec Visitación. Alors je me suis assise à l'arrière avec le musicien.

— Jairo, chante-nous quelque chose ! a crié Visitación avant de tourner la clef de contact.

— J'ai pas trop le cœur à chanter, ma belle, a-t-il répondu en enfonçant son béret jusqu'aux yeux.

Nous avons pris la nationale qui à cette heure-là grouillait de chèvres affamées qui mangeaient des ordures sur le bord de la route. Le troubadour était sombre. Il n'avait presque pas ouvert la bouche depuis que nous avions quitté Mezquite. Quand on a passé le péage, il s'est mis à parler.

— Et votre mari ?

— Il est parti.

— Ça je sais. Et vous avez eu des nouvelles ?

J'ai fait non de la tête.

— Certains disent qu'ils l'ont vu.

— Comment ils peuvent reconnaître quelqu'un à qui ils n'ont jamais adressé la parole ?

Jairo a posé son accordéon et l'a caché sous une bâche, à côté des sacs de ciment.

— La vie, ce n'est pas une chanson nette. – Je me suis adossée à la roue de secours –. Arrêtez de me raconter des salades.

— Je veux juste vous aider.

— Et qui vous a dit que j'avais besoin d'aide ? J'ai l'air désespérée ? Je vous ai demandé quelque chose ? Alors occupez-vous de chanter et laissez-moi tranquille.

Il s'est approché et a baissé la voix.

— On l'a vu dans plusieurs villages de la sierra. Et aussi à Las Tolvaneras il y a quelques jours de ça. Cet homme, il cherche à vous voir. Vous n'avez rien remarqué de bizarre ?

— On a failli se faire descendre il y a quelques jours à peine, ça ne vous suffit pas ?

— Tout le monde en parle. Ils étaient combien ?

— Beaucoup. Mais je n'ai pas pu voir leurs visages ; juste les entendre…

— Votre mari était avec eux, pas vrai ?

— C'est ce qu'on vous a dit ou vous l'avez inventé ?

— C'est ce que les gens vous ont crié aujourd'hui devant la mairie. Il est de leur côté.

— Les gens, les gens… Je m'en fiche, des gens ! Ils ne sont jamais là pour vous aider et ils n'ont aucune pitié !

— C'est vrai ce qu'on dit ? Que vous les avez fait fuir en leur lâchant dessus des vipères ?

— Elles ont dû sortir des tombes…

— De celle de vos enfants, aussi ?

— Taisez-vous, Jairo.

J'ai sorti les bonbons de ma poche et je me suis mise à les examiner. Ils étaient emballés dans du papier multicolore.

— Angustias, vous m'écoutez ?

— De grâce, taisez-vous, Jairo.

Il s'est allongé sur le dos et s'est étiré comme un serpent qui mesure sa proie avant de la dévorer.

— Dès l'instant où il a basculé du côté des irréguliers, votre mari est devenu un homme mort. Les types comme lui ne vivent pas bien longtemps. Moi, par contre, je suis bien vivant.

À Las Tolvaneras, la lune semblait être plus inconstante qu'à n'importe quel autre endroit de la frontière, mais cette nuit-là elle brillait, semblable à un disque blanc. Sa lumière baignait le visage mat de Jairo.

— Qu'est-ce que vous avez, Angustias ? Vous avez peur de moi ? Ou c'est que vous ne savez aimer que vos morts ?

— Des morts, au moins, je sais quoi attendre.

Le pick-up a fait une embardée et a quitté la route. Le choc m'a fait voler dans les airs et j'ai roulé au milieu des ronces. Couchée dans le fossé, j'ai vu une jeep s'éloigner à toute allure.

J'avais dans la bouche un goût de poussière, j'étais sonnée et une douleur aiguë parcourait tout mon corps. Jairo a essayé de me sortir du ravin, mais je ne pouvais presque pas bouger.

— Donne-lui de l'eau, Jairo.

— Visitación, c'est vous ?

— Et qui crois-tu que c'est ? La Vierge Marie ?

Elle portait son foulard autour de la tête, mais son legging était déchiré.

— Que s'est-il passé ?

— On est sortis de la route. Et toi, ça va ? Tu as mal quelque part ?

Il m'a donné à boire un liquide dans une bouteille en plastique. J'ai tout recraché sur-le-champ.

— Mais c'est de l'eau-de-vie !

— Bois ! a exigé Visitación.

La gnôle m'a brûlé la gorge, puis ça a été comme une anesthésie. J'ai d'abord retrouvé la mobilité de mes bras, puis de mes jambes. Alors j'ai pu me mettre debout. Jairo me regardait attentivement, prêt à me soutenir. Un filet brillant coulait de son front. Sous cette lune, même le sang ressemblait à du métal.

— Chut, a prévenu le musicien. J'entends un moteur.

— Tout le monde à terre ! a ordonné Visitación. Il ne manquerait plus qu'ils viennent nous achever !

— Pourquoi on n'appelle pas les secours ? a suggéré Consuelo.

— Parle plus bas, idiote ! Et va aider Candelaria !

Nous avons attendu quelques minutes. Quand les bruits de moteur se sont éloignés, nous nous sommes relevés.

— Celui-là, il prend la fuite, a lâché Visitación. Il a éteint ses phares pour qu'on ne le voie pas.

Le pick-up était coincé dans le ravin où il était allé s'échouer après le coup de volant. Les deux roues avant avaient succombé au choc. L'une avait été déchirée par le gravier et l'autre était dégonflée. Nous n'avions qu'une roue de secours, mais nous pouvions encore reprendre la route.

— Depuis le fossé j'ai vu une jeep s'éloigner. Qui c'était ? ai-je demandé tout en aidant Visitación à démonter le pneu.

— Des enfoirés. Ils nous ont fait sortir de la route. Jairo, apporte-moi aussi la clef en croix ! Elle est à côté de la roue de secours !

Visitación était épuisée, mais elle était possédée par une énergie plus grande encore que d'habitude. Elle a d'abord retiré les enjoliveurs, puis les boulons. Elle a tiré sur le pneu crevé puis l'a enlevé. Ses mouvements étaient rapides, et elle me laissait à peine le temps de lui poser des questions.

— Les mecs de la jeep allaient à contresens, pleins

phares. Ils m'ont éblouie et j'ai perdu le contrôle, mais le sable nous a freinés. Avec l'aide de Jairo, j'ai d'abord sorti Candelaria, puis Consuelo. C'est pour toi que ç'a été le pire. Tu as fait un vol plané.

— Ils étaient comment, ces hommes ?

— Tiens la lampe torche plus haut, m'a-t-elle ordonné. – Le dernier boulon résistait. Visitación a fini par le faire céder –. Je ne sais pas. – Elle s'est essuyé le front du revers de la main et a éclairé le châssis avec la lampe torche, avant de l'orienter vers mon visage –. Tu saignes, Angustias.

Elle a défait le nœud de son foulard et l'a ôté d'un coup. Une épaisse queue-de-cheval est tombée jusqu'à sa taille. Sans ce fichu, Visitación semblait plus jeune, une femme séduisante qui avait été enterrée sous des couches de poussière et de terre.

— Qu'est-ce que tu as à me regarder comme ça ? – Elle a noué fermement le foulard autour de ma tête –. Arrête un peu avec tes questions et aide-moi, bon sang !

Alors que nous étions penchées sur la roue de secours, nous avons entendu une sirène. C'était une ambulance qui roulait à toute allure.

— La nuit est trop agitée. Ramène-moi à la maison, ma belle, a imploré Candelaria.

— À vos ordres. – Visitación s'est relevée –. Dépêche-toi, Jairo ! À ce rythme, on ne partira pas avant demain.

Il a serré les derniers boulons. Pendant ce temps, j'ai regardé autour de moi. À quelques mètres du pick-up, j'ai trouvé l'accordéon. Le soufflet était déchiré et il manquait quelques touches. Jairo a essayé de jouer, mais il n'a pu sortir qu'une pauvre note cassée.

— Peu importe, je ne crois même pas que ça vaille la peine de le réparer… – Il a mis son instrument à l'épaule tout en sifflotant. Il a grimpé à arrière et s'est affalé.

— Jairo… qu'est-ce que tu fiches ? Descends tout de suite et mets la roue crevée à sa place ! Tu crois que ça aussi c'est moi qui vais le faire ? Espèce de fainéant !

Je suis restée debout, indifférente à leurs chamailleries. C'est alors que j'ai entendu la chouette chevêche chanter, une seconde fois.

La lune n'éclairait pas les choses, elle les dépouillait. Aurelio Ortiz a éteint le moteur et il est descendu de la jeep de la mairie à toute vitesse. Il a ouvert la porte de son domicile, puis l'a refermée à double tour et est parti chercher sa femme. Il l'a trouvée dans son lit, sur le point de s'endormir.

— Salvación, on part tout de suite ! Va chercher les enfants, vite !

Il n'avait pas assez de souffle pour donner plus d'explications, mais sa femme les lui a exigées.

— Fais ce que je te dis et mets tout ce que tu peux dans les valises, a-t-il imploré.

Rien à faire : elle ne bougerait pas d'un pouce tant qu'il ne lui dirait pas exactement ce qui était en train de se passer.

— Tu as vu ta tête ? Tu es tout pâle.

— Abundio m'a démis de mes fonctions.

— Comment ça ? a-t-elle crié en repoussant les draps. C'est toi le maire. Tu as été élu. Tu ne peux pas partir comme ça !

— Je t'expliquerai en route !

— Je le savais, je le savais, je le savais, a-t-elle marmonné tout en allant dans la chambre des enfants.

Presque en transe et encore en chemise de nuit, elle les a sortis du lit et s'est mise à les habiller sans même allumer.

— Arturo, pense à ton frère. Il est encore petit et il a peur du noir. Ne pleure pas, ne crie pas, donne l'exemple, a-t-elle intimé à l'aîné tout en boutonnant son pantalon.

Dans le dernier tiroir de la commode, Aurelio Ortiz a sorti un sac à dos rempli de billets : les pourboires qu'Abundio lui laissait pour les commissions qu'il prenait en son nom. Il y a mis un pistolet qu'il était incapable d'utiliser et des cartes de police pour passer les postes de contrôle et les barrages. Il devait faire au plus vite. Une fois que la nouvelle commencerait à circuler, ces documents ne serviraient plus à rien.

Les pleurs de son fils aîné l'ont tiré de ses pensées. Aurelio a couru dans la chambre, l'index posé sur les lèvres. Le moindre bruit le mettait encore plus en danger. Le garçon était hébété et contrarié. Le bébé dormait dans son berceau. À genoux, Salvación tassait un paquet de couches dans une petite valise.

— Tu aurais dû penser à tout ça plus tôt, lui a-t-elle reproché en le fusillant du regard.

Aurelio est sorti de la pièce, encore plus nerveux. Il a vidé les poches de ses vêtements, regardé dans les tiroirs de la commode et cherché dans le placard.

— Salvación, où sont les clefs de mon pick-up ?

— C'est Reyes qui les a.

— Tu les lui as données ? a-t-il demandé, blême.

— Tu lui as dit d'emmener ta voiture chez le garagiste. Tu ne te souviens pas ?

Un nuage noir a traversé son esprit.

— Merde, merde, merde..., a-t-il marmonné en rejoignant le salon.

Fuir était la seule solution qu'avait trouvée Aurelio Ortiz. Il pouvait encore gagner du temps et devancer Abundio et ses hommes, mais il devait bouger tout de suite. Une fois que sa femme eut pris les affaires des enfants et qu'il eut rassemblé tout le liquide, ils sont sortis de chez eux.

— Si quelqu'un nous arrête ou nous fouille, prends les enfants dans tes bras et ne dis pas un mot.

Au lieu de la réconforter, ces paroles l'ont encore plus angoissée.

— Pourquoi tu as si peur, Aurelio ? Qui d'autre te court après ?

— Tout le monde.

Il lui a mis une couverture sur la tête, a fermé la portière de la Toyota et s'est assis derrière le volant. Cachée dessous, Salvación a maudit le jour où elle avait décidé de se marier avec l'homme le plus lâche de toute la sierra.

Ils ont quitté le village tous feux éteints et ont évité Las Tolvaneras.

L'aîné des enfants pleurnichait, en boule à l'arrière. Salvación, le bébé dans les bras, a essayé de le calmer en lui caressant les cheveux.

Le téléphone a sonné. C'était Reyes. Aurelio a mis l'appareil sur silencieux et s'est concentré sur l'obscurité, la seule chose certaine à cette heure de la nuit.

— Ils ne vont pas me rattraper, ils ne vont pas me rattraper, répétait-il, les yeux rivés sur le rétroviseur.

Six cents kilomètres les séparaient de San Fernando de las Salinas. S'ils parvenaient à quitter Mezquite et à arriver jusque-là, ils étaient sauvés. Avant de rejoindre la nationale, il a aperçu les phares d'une voiture coincée dans des ronces. Il a éteint les siens. Si Dieu ne l'avait pas fait courageux, qu'au moins Il le rende invisible. Il a ralenti et a regardé l'heure au tableau de bord. Il était minuit, l'heure des morts-vivants.

Dans la région, les gens croyaient aux revenants. Les chemins étaient parsemés de croix, de Vierges et de petites maisons en ciment, avec des bougies en souvenir de ceux qui étaient morts dans un accident : un chœur de mèches déclinantes dans la pénombre.

Les virages les plus dangereux avaient inspiré des légendes de spectres : la femme en blanc ici, le décapité là, le bébé fantôme ou le petit garçon qui implorait qu'on le rapproche de la frontière ; celui-ci était le plus redouté. On disait que c'était l'âme en peine d'un enfant qui essayait vainement de faire le chemin qu'il n'avait pas réussi à parcourir la nuit où on l'avait écrasé.

Les choses étaient comme ça dans la sierra. Les âmes en peine et les vivants se mêlaient dans un rideau de brume jusqu'à former une pelote de malheurs qui servaient à éloigner les curieux et à couvrir les bourreaux. Les esprits étaient utiles pour tout le monde. Ils permettaient de faire illusion et facilitaient la vie à ceux qui ne voulaient pas être vus ni retrouvés.

La peur dissuade. C'était la première chose qu'Aurelio avait apprise des hommes d'Abundio. Si quelqu'un conduisait au milieu de la nuit, et plus c'était tard mieux c'était, ils jetaient un animal sur le pare-brise, ou parfois simplement une pierre. La surprise était telle que le conducteur perdait le contrôle, et une fois qu'il avait fait une embardée, le désarmer et le maîtriser devenait un jeu d'enfant.

Les gémissements et les cris attribués aux fantômes servaient à masquer les règlements de comptes et les passages à tabac. Les âmes en peine et les revenants ont instauré sur terre le règne de l'au-delà : la fiancée malheureuse sur le bord de la route, ou l'homme invisible sifflant dans la pénombre. Toutes ces fables sont devenues le costume derrière lequel les guérilleros, les trafiquants et les mouchards cachaient leurs forfaits. Même la police faisait courir la rumeur pour se couvrir.

Aurelio n'avait pas réussi à voir qui s'était renversé dans le fossé. Il avait entraperçu des silhouettes, trois ou quatre ombres dessinées par la lumière de la lune. Il a ralenti un peu plus. Tant que le ciel était dégagé, la lueur lui permettrait de s'orienter et de réagir face à une éventuelle embuscade. Tant qu'il pouvait rester caché dans la nuit, il serait en sécurité.

Toute personne en cavale devait se résigner à ce que Dieu l'aide ou que le bourreau, s'il y en avait un, se retourne pour l'achever. C'était la loi de la frontière, et il ne pouvait rien faire pour la changer. S'il n'avait rien pu y faire quand il était maire, il le pourrait encore moins maintenant qu'il était fugitif. Il a regardé à l'arrière. Sa femme et ses fils dormaient sous la couverture. « Que chacun affronte sa propre mort », a-t-il pensé, les mains sur le volant.

Le paysage avait changé d'aspect, il était à présent

couvert d'une chape de plomb, sombre et menaçante, mais Aurelio connaissait bien la route et ça le rassurait. Il l'avait prise des centaines de fois : la première, vingt ans auparavant, quand il avait quitté Mezquite pour partir étudier à la capitale. Ce jour-là son père n'était pas allé lui dire au revoir, vexé qu'il ait refusé une place d'instituteur. Son père ne le comprenait pas encore et ne l'a peut-être jamais compris, mais Aurelio n'était pas comme lui. Il ne voulait pas enseigner et n'aspirait à recevoir le respect de personne, il voulait seulement vivre mieux : une grande maison, un poste dans l'administration locale, la protection des puissants, voire, pourquoi pas, en faire partie.

Quand il était revenu avec un titre universitaire sous le bras, son vieux avait déjà perdu la tête. Il avait résisté tant bien que mal aux coups de cornes que le temps et la vie lui avaient donnés : la mort de sa femme, le veuvage prématuré et l'éducation d'un enfant en qui il n'avait jamais beaucoup cru. Ou du moins ne le lui avait-il jamais fait sentir. Si quand il était encore sain d'esprit son père ne lui avait jamais rien dit d'encourageant, il allait encore moins le faire avec la maladie d'Alzheimer, qui l'avait poussé à vivre entouré de fantômes.

Tandis qu'il passait en revue ses propres fantômes, une ambulance a filé en direction de Mezquite. Seul quelqu'un de fortuné pouvait s'offrir le luxe de la payer. Les yeux rivés sur le rétroviseur, Aurelio Ortiz a vu les lumières rouge et bleu s'éloigner. Il s'était passé quelque chose de grave au village.

Le ciel était bleu et désolé. La brise soufflait à peine et la lune grandissait, affamée, au milieu de la nuit. Mes oreilles bourdonnaient et mon dos était comme roué de coups. Je me suis assise à côté de Consuelo tandis que Visitación aidait Candelaria à monter dans la cabine pour se reposer avant que nous repartions.

— Alors comme ça tu es revenue à Mezquite...

— Depuis quelques mois...

— Pourquoi tu n'as pas cherché à me voir ?

Elle a haussé les épaules.

— Et ce ventre ?

— Angustias ! On part dans dix minutes ! a crié Visitación. Tu papoteras plus tard !

— Qu'est-ce qu'elle a contre moi, cette vieille ? a ronchonné Consuelo. Elle passe son temps à me maltraiter. Mais je ne lui ai rien fait, moi.

— Tu la connais, elle a son caractère.

— Bof. Pas tant que ça : on m'envoyait la chercher quand quelqu'un mourait...

— C'est vrai que tu travailles dans un bar à hôtesses ?

— Plus maintenant. Le patron était un gros lourd et me rendait la vie impossible.

Visitación et Jairo ont rangé les outils dans le coffre.

— Bon, ça suffit les bavardages ! On s'en va ! Toi, la grosse vache pleine, monte et va aider Candelaria ! – Visitación avait les mains couvertes de graisse –. Et toi, Angustias, tu vas à l'arrière avec le poète…

J'ai grimpé et je lui ai tendu la main.

— Vous pouvez monter tout seul ou vous voulez que je vous aide ?

— Nous allons passer ce qui nous reste de route en paix, alors s'il vous plaît, a-t-il répondu, vexé.

— Comme vous voudrez, Jairo.

Nous ne nous sommes plus adressé la parole de tout le voyage.

Après Nopales nous avons continué jusqu'à Mezquite. La nuit s'était retirée comme si le chant des oiseaux avait déclenché le lever du jour. Les rues du village, désertes, n'étaient parcourues que par une brume de cendres, et sur la façade de la mairie, trois croix noires dégoulinaient encore de peinture fraîche.

— Les irréguliers sont passés par ici.

Visitación a désigné les peintures du bout des lèvres, agacée. En temps normal, à cette heure-là, les vendeurs du marché déchargeaient leurs produits, mais nous n'avons trouvé que des étals vides et des rideaux baissés. Pas la moindre fumée de café aux fenêtres des cantines.

Au dispensaire, personne ne nous a ouvert. Nous avons insisté jusqu'à ce qu'une femme nous reçoive, sans daigner toucher au verrou de la porte.

— Où est le médecin ? – Visitación n'avait même pas dit bonjour.

— Il arrive à huit heures.

— Alors on l'attendra.

— Ça, c'est votre affaire. – Et elle a refermé la porte sans rien dire de plus.

Nous avons attendu plus d'une heure et demie. Un grand homme brun est arrivé, les clefs à la main, et nous a fait signe de le suivre. Il avait un teint blafard, comme s'il n'avait pas dormi.

— Vous êtes le médecin ? – Visitación a tout de suite pris la parole.

L'homme a hoché la tête sans même donner son nom.

— Nous avons eu un accident sur la route, hier soir.

— Il y en a eu plusieurs hier…, a-t-il rétorqué en enfilant sa blouse.

— Pourriez-vous commencer par elle ? – J'ai montré Consuelo du doigt –. Elle est enceinte et nous voulons savoir si le choc…

— Vous avez une entaille au front. Elle est importante.

— Mais elle…

— Asseyez-vous.

Il s'est retourné et a cherché dans l'armoire.

— Il n'y a plus de fil !

La femme qui nous avait reçues auparavant est entrée dans la salle de consultation, une bassine d'eau dans les mains.

— Qu'est-ce qu'il y a ?

— Il n'y en a pas assez ! Je ne peux pas faire des points de suture avec ça !

— C'est tout ce qu'il reste.

Le médecin avait les cheveux mal coupés et portait un tee-shirt délavé sous sa blouse. Il n'était pas vieux, mais pas jeune non plus. Sans son stéthoscope, il aurait pu passer pour un simple agent de sécurité.

— Ça va faire mal.

Il a enfoncé l'aiguille dans la peau et l'a raccommodée

comme si c'était un canevas. Il a répété son geste quatre ou cinq fois jusqu'à joindre les pans de peau de part et d'autre de la blessure. Je me suis relevée avec une couture en fil noir sur le front. La cicatrice me tirait et me brûlait. J'ai laissé le brancard libre pour Consuelo, qui s'y est allongée en marmonnant. Le médecin l'a auscultée lentement, en palpant ses bras et ses cuisses, puis son ventre.

— Vous avez mal ici ? Et là ? Non plus ? Vous êtes sûre ?

Il a voulu savoir si elle avait senti quelque chose après l'accident, mais elle a à peine mentionné des étourdissements et une petite gêne, des détails qui ne l'ont pas convaincu.

— Vous avez trois bleus sur les cuisses. Mais il n'y a ni fracture, ni hémorragie. Vous êtes enceinte de combien ?

— Je ne sais pas.

— Vous êtes suivie par un médecin ?

Elle a fait non de la tête.

— Vous avez saigné après le choc ?

Elle a haussé les épaules.

— Vous avez saigné, oui ou non ?

Elle a fait non de nouveau.

— Le fœtus semble en bonne santé, mais je ne peux rien vous assurer. – Il a pris des notes dans un carnet.

Visitación a retiré son foulard et s'est essuyé le front.

— Quel est votre nom ?

— Consuelo Matute.

— Quel âge avez-vous ?

— Quinze ans, je les ai eus hier.

Le médecin lui a dit de monter sur la balance. Quarante kilos pour un mètre soixante. Un tas d'os couvert de vêtements sales. C'est ce qu'était cette gamine.

— Vous avez de la famille ?

— Une tante, dans la sierra orientale.

La chaleur était insupportable. Il a ouvert la seule fenêtre qui donnait sur la rue pour faire un peu d'air, puis lui a jeté un dernier coup d'œil.

— Vous pouvez vous relever. Maintenant c'est à vous.

Visitación a remonté son legging et l'a coincé dans sa ceinture. Deux lunes de sueur croissaient sous ses aisselles.

— Tendez le bras.

— Qu'est-ce qui se passe dans ce village ? a-t-elle demandé.

— Si vous parlez, je ne peux pas vous prendre le pouls. Restez tranquille.

Il a pressé la petite poire pour faire gonfler le brassard. Il a pris sa tension et a écrit le chiffre sur une autre feuille.

— Vous n'allez pas répondre ?

— À quoi ?

— À la question que je vous ai posée.

— Mon rôle ici, c'est de soigner les patients.

Visitación s'est laissée ausculter, contrariée.

— Je peux parler, maintenant ?

— Vous avez eu des problèmes cardiaques ?

— Non, pas du tout !

— Vous faites du sport ?

— Oui, surtout la nuit, et toujours en bonne compagnie.

— Vous marchez ? Vous soulevez des charges lourdes ?

— Les deux à la fois. Et aussi je fume, je bois et je danse collé serré.

Le médecin a retiré l'appareil.

— Vous n'avez pas l'air en très bonne santé et votre tension est élevée.

Il a fouillé dans le tiroir du bureau, a pris un bloc d'ordonnances et a gribouillé des indications.

— Ça, c'est pour que vous fassiez une échographie à l'hôpital de Cucaña. – Il a tendu la feuille à Consuelo –. Allez-y dès demain.

Elle a plié l'ordonnance et l'a mise dans son sac à dos. La jeune fille était couverte de poussière et avait encore des ronces incrustées dans ses vêtements.

— Et vous, m'a-t-il dit, mettez ça deux fois par jour, après avoir nettoyé la plaie à l'eau et au savon. C'est un antiseptique.

Visitación s'est avancée et a levé le doigt, prête à dire quelque chose.

— Bien, j'ai fini.

— Mais…

— Au revoir, a coupé le médecin.

Visitación continuait à ruminer des insultes contre le médecin. Il ne l'avait même pas examinée correctement, disait-elle. Elle ne nous a pas adressé la parole avant d'arriver au niveau des échoppes du marché, où un groupe d'hommes et de femmes formait un cercle autour des épiciers. Ils parlaient d'une ambulance. Le curé, à ce qu'on disait, y avait voyagé l'estomac plein de pièces de monnaie. Abundio, à ce qu'on disait, y avait aussi mis sa femme. À ce qu'on disait, il y avait eu du grabuge chez Abundio.

Un des marchands nous regardait, hésitant à s'approcher.

— Je suis désolé pour Víctor Hugo.

Visitación a levé les yeux au ciel.

— Qu'est-ce qu'il y a ? Ils l'ont coffré ?

Il a fait mine de ravaler sa langue.

— Eh bien, racontez !

— Ils leur ont réglé leur compte, à lui et au chauffeur du maire. Vous voyez ce que je veux dire, les militaires.

Grâce à lui, nous avons aussi appris qu'Aurelio Ortiz avait quitté le village avec toute sa famille. Mais pas un mot au sujet des croix noires sur la façade de la mairie. Nous savions tous très bien ce que ça voulait dire.

Visitación essayait de garder la face, mais elle avait l'âme sombre, et ça se voyait.

Nous avons grimpé dans le pick-up et sommes parties chercher de l'essence, mais personne n'a voulu nous en vendre. Même chose avec la nourriture. Le marchand de poulets n'avait pas d'œufs, le boulanger n'avait pas de monnaie, le maraîcher avait dû s'absenter. Même le Libanais a refusé de nous vendre trois bouteilles d'eau.

— À emporter, si vous voulez, mais pas sur place.

— Qu'est-ce qui t'arrive, le Libanais ? On ne peut plus entrer maintenant ?

L'homme a regardé autour de lui et a baissé la voix.

— Les gens ont les nerfs à vif. S'il vous plaît, revenez un autre jour.

Nous sommes restées toutes les trois debout face au bar sans savoir quoi dire.

— Tout ça c'est de votre faute, Visitación ! a lâché la marchande du kiosque.

— Reste donc avec tes morts ! a ajouté le boulanger.

— Je ne veux pas d'ennuis, a imploré le patron du bar. Si je vous sers quelque chose, on va me crucifier. Allez-vous-en, s'il vous plaît.

Quand on est arrivées sur la place, les quatre roues du pick-up avaient été crevées. La guerre avait commencé.

Aurelio Ortiz a fait une halte dans une station-service. Il restait encore cent kilomètres avant d'arriver sur la côte et il avait moins d'un quart d'essence dans le réservoir. Les enfants avaient faim et il avait le dos en compote. Après avoir mis de l'essence, il s'est garé à côté des échoppes où les pêcheurs vendaient des fruits de mer préparés avec du sel et du citron.

Il a voulu appeler Reyes depuis une boutique qui faisait office de centre d'appels, mais il s'est ravisé. Il a acheté un paquet de biscuits, des bananes et trois bouteilles d'eau. Sa femme a écrasé quelques fruits et en a donné la moitié à l'aîné. Elle a bu et a déboutonné son corsage pour faire téter le bébé. Aurelio s'est assis à côté d'elle, disposé à tout lui expliquer, mais elle l'a arrêté net :

— Qu'est-ce qu'on va faire ?

— Pour l'instant, aller chez ta sœur. Nous avons franchi trois barrages et jusqu'à maintenant ils ont accepté les trois noms que j'ai donnés.

— Arturo, arrête ça ! Viens ici tout de suite !

L'aîné des enfants jouait sur une balançoire rouillée.

Aurelio a regardé l'aréole brune de Salvación, que son autre fils suçait avidement.

— Arturo, descends de là tout de suite, a-t-elle répété.

Elle s'est couverte avec un bavoir et, le bébé dans les bras, elle a marché vers le jardin d'enfants rongé par le salpêtre. Elle a fait sortir son fils et l'a traîné en le tenant par la main. Aurelio a voulu l'embrasser.

— Ne t'approche même pas.

Une brise salée et tiède a remué les raisiniers qui avaient été semés dans le parc. La proximité de la mer changeait tout : la température, le paysage et même la lumière. À la différence de Mezquite, ni migrants, ni receleurs, ni délinquants, rien de toute cette faune n'arrivait jusqu'à la côte.

Salvación a fouillé dans son sac. Elle en a sorti son téléphone et, d'une main, a appuyé sur l'écran.

— Qu'est-ce que tu fais ? – Aurelio s'est jeté sur elle –. Éteins ça !

Vexée, elle a laissé le bébé dans les bras de son mari.

— Tu pourrais t'occuper des enfants pendant que j'appelle ma sœur depuis une cabine ? Ou pour ça aussi tu as besoin d'un assistant ?

Elle a enlevé le bavoir avec lequel elle couvrait sa poitrine et l'a posé sur l'épaule d'Aurelio.

— Prends ça ! Si le bébé pleure, berce-le sur le ventre pour qu'il s'endorme. S'il continue à pleurer, mets-lui le bavoir sous le nez.

Elle s'est éloignée vers les WC publics en roulant des hanches.

Aurelio était sur le point d'exploser. Sa rage était plus forte que sa fatigue. Cela faisait deux jours qu'il n'avait pas pris de douche et une couche de graisse lui couvrait le visage. Son pantalon en lin ressemblait à un torchon ; il était dans un état pitoyable et sa carrière politique aussi.

Assis sur un banc en fer, il a attendu, le bébé dans les bras, pendant que son fils aîné jouait avec des cosses de tamarin. Deux belles femmes vêtues de blouses chamarrées sont passées devant lui. C'étaient des *guajiras*, ces Indiennes à qui l'on a donné le nom d'une péninsule de la région : La Guajira. La moitié de leur visage était maquillée de volutes dessinées à la peinture noire. Quand son père l'emmenait autrefois manger du riz au lait de coco sur la côte, il les voyait traverser la route. Il était fasciné par leur beauté altière et lointaine. Elles vendaient, aujourd'hui comme hier, des hamacs tissés et des paniers en osier.

On racontait beaucoup de choses sur les *guajiros*, on disait qu'ils étaient méfiants et sauvages, mais Aurelio n'a jamais cru à ces histoires. Comme tout le monde, ils essayaient tout simplement de gagner leur vie. « Chacun se débrouille comme il peut », a-t-il pensé en regardant ces femmes. Il les a trouvées aussi belles, voire plus, qu'à l'époque où son papa faisait tout son possible pour l'aimer.

« Qu'est-ce que c'est, un *guajiro* ? »

« Une personne qui vit à la frontière, entre la mer et la terre, le désert et l'eau. Ils savent affronter leur sort et leur mort, comme dit la chanson. »

Son émerveillement n'a pas duré longtemps. Le bébé s'est mis à pleurer si fort qu'il est devenu tout rouge. Aurelio lui a mis le bavoir sous le nez, l'a bercé sur le ventre, lui a donné un peu d'eau, mais rien ne semblait le calmer.

Alors seulement à cet instant il s'est rendu compte qu'il ne l'avait jamais tenu dans ses bras plus de quelques minutes.

Salvación était revenue, les cheveux encore humides ; elle s'était nettoyé le visage.

— J'ai parlé à ma sœur. Je lui ai dit que nous serions chez elle dans deux heures. – Elle a pris le bébé.

— Tu lui as raconté quelque chose ?

— J'ai dit que nous voulions lui faire une surprise, mais elle ne m'a pas crue… Arturo, lâche ça !

Elle lui a arraché des mains les cosses de tamarin et a rejoint son mari.

— Salvación, laisse-moi t'expliquer…

— Je ne veux rien savoir. Donne-moi les clefs.

— Pour quoi faire ?

— Occupe-toi des enfants. Moi, je vais conduire.

Elle est montée dans la Toyota, a passé la première et a démarré. Aurelio s'est installé sur la banquette arrière avec les enfants. Son fils aîné s'est collé contre lui, la couverture dans les mains.

— Tu me caches, papa ?

— On ne joue plus, Arturo. Dors. Quand tu seras réveillé, nous irons à la plage.

— Qu'est-ce que c'est, la plage ?

— Ça ressemble à une grande rivière, mais avec de l'eau salée.

Aurelio Ortiz a croisé le regard de sa femme qui était en train de le scruter dans le rétroviseur.

— On aurait pu s'épargner tout ça, Aurelio, a-t-elle dit en serrant les dents.

Salvación a appuyé sur l'accélérateur et a continué tout droit, sans regarder en arrière.

Les *guajiras* aux vêtements bariolés prenaient le chemin de la baie. Leurs yeux en amande ressortaient sur leurs visages couverts de dessins noirs. Aurelio a fait claquer sa langue. Même les princesses de son enfance ne pouvaient rien pour lui.

Ses filles l'ont à peine laissée parler. Chacune racontait sa version de ce qui s'était passé à la mairie, et Visitación avait beau essayer de les convaincre, elles ne la croyaient pas. Et elles avaient raison.

— Maman, arrête de te fourrer dans toutes ces embrouilles et viens à la maison !

— J'ai élevé quatre enfants et j'en ai enterré deux. Ce n'est pas toi qui vas me donner des ordres.

Visitación avait remis son foulard, et elle avait retrouvé son autorité naturelle.

— On fera ce que tu dis, maman, mais…

— Emmène-moi à Cucaña. J'ai besoin de quatre roues neuves ; on me les a toutes crevées.

— Tu as perdu la tête ! a éclaté la cadette.

— Tais-toi, Jennifer ! a ordonné sa sœur en la fusillant du regard. Écoute, maman, on t'emmène acheter les roues, mais après tu viens chez nous quelques jours. Il paraît qu'Abundio a été tué.

— Et aussi que le maire s'est enfui, a riposté la plus jeune.

— Moi, mes morts, je ne les laisse pas seuls.

— Nous les vivants, nous avons peut-être aussi le droit de donner notre avis, maman ! Ce que tu peux être têtue !

Elles se coupaient la parole, comme d'habitude.

— Ça suffit comme ça ! ai-je crié.

Visitación s'est figée.

— Alors là, la goutte d'eau... ! a-t-elle lâché. Et toi, qu'est-ce qui te prend ? Qu'est-ce que tu as à crier comme ça ?

— Le cimetière est plus important que vos filles ?

— Un peu de respect, Angustias ! Et occupe-toi de tes affaires.

— Partez une semaine ou deux. Il y a beaucoup de gens louches qui rôdent à Las Tolvaneras et les choses prennent une mauvaise tournure.

— Ça, c'est pas nouveau. Ils ont toujours voulu nous filer la trouille. Et ils n'ont jamais réussi à le faire.

— Jusqu'au jour où au lieu de vous filer la frousse, ils vous mettront une balle entre les deux yeux.

— Ah, miss je-sais-tout... mais qu'est-ce que tu en sais, bourrique ?! – Elle a levé la main pour lui taper sur la tête, mais Jennifer a été plus rapide et l'a esquivée.

— Cette fois c'est différent, Visitación, ai-je insisté. Il y a quelqu'un qui vient déposer des trucs sur la tombe de mes enfants. Des figurines en bois, des bonbons. Rien sur les autres tombes, juste sur celle des jumeaux. Je ne sais pas si c'est Salveiro ou quelqu'un d'autre.

— Simplet ? Ton mari ? Mais il est parti d'ici à moitié fou et furibard !

— Jairo dit que certains l'ont vu et il m'a même raconté qu'il traîne avec les irréguliers.

— Guérillero, cette mauviette ? – Elle a éclaté de rire –. Il doit être à l'asile, plutôt...

— C'est ce qu'on nous a crié au village, mais vous ne vous souvenez pas...

— Rien que des balivernes !

— Écoutez-moi, Visitación : partez pour quelques jours, ai-je imploré, sans grand espoir.

— Fais ce qu'on te dit, maman !

— Taisez-vous, bon Dieu ! Qu'est-ce que vous pouvez être lâches ! Espèces de mauviettes ! C'est tout ce que vous êtes : des mauviettes, des pleurnicheuses.

Nous nous sommes regardées, ses filles et moi.

— Bon, puisque vous avez si peur que ça, on part toutes ensemble. Mais à une condition : on rentre dans trois jours.

J'ai hoché la tête.

— Partez plutôt avec Consuelo, lui ai-je dit, moi je reste au cimetière.

— Bon, je vais te le dire comme je le pense : moi, cette petite, je ne la sens pas.

Consuelo a fait une grimace tandis que Visitación poursuivait :

— Je l'ai vue passer de famille en famille ; elle va avec les uns, puis avec les autres ; elle s'occupe des enfants de machine, puis de bidule ; elle fricote avec les cousins et avec les oncles. Ce ne serait pas un gars de Cuchillo Blanco qui t'aurait mise en cloque, par hasard ?

— Vous ne me connaissez pas et vous ne savez rien. – Consuelo s'est pincé les lèvres.

— Ah bon, je ne sais rien ? Tu venais me chercher à tout bout de champ pour enterrer des morts. Toi, ça fait longtemps que je t'ai à l'œil.

— Si vous ne voulez pas de moi, eh bien moi non plus.

— Angustias Romero, comme tu es têtue ! Avec tous les problèmes que celle-là peut nous attirer, tu persistes ! Ce n'est pas un ange, je te le dis et je sais de quoi je parle !

— Víctor Hugo, votre amoureux, que vous preniez pour un gros bêta, nous a attiré plus de problèmes.

— Ne parle pas des morts, Angustias... Écoute, tout ça je m'en fiche. Je ne peux compter sur personne d'autre que moi. Je le sais très bien, et depuis longtemps. Tu n'étais même pas née.

— Si vous savez vous débrouiller toute seule, moi aussi.

Elle s'est essuyé le front avec son mouchoir et a exposé son plan comme un caporal : elle nous ramènerait au cimetière après avoir acheté les pneus. Elle s'absenterait trois jours, le temps de mettre ses idées en ordre et que les choses se tassent au village.

— Le troisième jour, comme notre Seigneur, je reviendrai.

Elle est montée dans le véhicule en marmonnant.

— C'est une vieille guimbarde ! Tiens bien le volant ! On ne dirait pas que vous êtes mes filles ! Qu'est-ce que tu conduis mal ! Tiens-toi droite, Jennifer !

Elles sont parties en se chamaillant. Consuelo s'est allongée dans la cabine avant du pick-up ; au moins comme ça elle aurait un peu d'ombre en attendant qu'elles soient de retour. J'ai pris un de ces cigarillos que Visitación gardait dans la boîte à gants. Assise sur le bord de la route, j'ai regardé s'éloigner Visitación et ses filles. J'ai allumé le cigare et j'ai fumé, lasse, convaincue que le prochain enterrement auquel j'assisterais serait le mien.

Une nuée de bourdons et de mouches tournoyait au-dessus du Tiers Pays. Des insectes gros et lourds, noirs comme des graines sèches de guazume. On aurait dit des bogues dont les piquants se prennent dans les cheveux et font des paquets de nœuds. Il fallait ensuite tirer dessus pour s'en débarrasser.

— Rentre, Consuelo. Il y a une invasion d'insectes.

— Je dois encore balayer le porche.

— Lâche ce balai et mets-toi à l'abri.

J'ai fait chauffer de l'eau dans une casserole avant de refaire mon pansement. Quand elle s'est mise à bouillir, j'ai préparé du café pour deux et j'ai mis le reste de côté pour nettoyer ma cicatrice. Ma blessure au front me faisait mal, ça me tirait.

— Demain, quand Visitación sera de retour, on ira à Cucaña.

— Je ne suis pas pressée. Je me sens bien.

— Ça, c'est le médecin qui le sait, pas toi.

Au loin, on entendait le grondement d'un orage et une odeur de terre mouillée parvenait jusqu'à Las Tolvaneras. En entrant dans la remise, j'ai fermé la porte à clef et j'ai allumé une spirale de répulsif. Rien qu'à son odeur, les moustiques allaient partir.

— Bois ton café. Je dois prendre soin de toi : n'oublie pas que tu es la reine de Mezzzquite. – Je me suis mise à rire en imitant le zézaiement de Visitación.

— Tu ne le fais pas bien… Il te manque le foulard sur la tête. – Elle a imité la pose de Visitación quand elle prenait ses airs de cheffe.

— Pourquoi vous vous détestez tant ?

— Tu n'as qu'à lui demander… « ezzzpèce de bourrique empotée ! ».

Nous avons éclaté de rire.

Consuelo avait encore parfois ces traits d'espièglerie qui étaient les siens quand je l'avais rencontrée. Elle était peut-être alors déjà électrocutée par la tristesse et je ne m'en étais pas rendu compte.

— Je n'ai rien contre Visitación… mais elle, oui. – Elle a pris sa tasse et s'est allongée.

J'ai nettoyé la plaie et j'ai coupé un fil de point de suture qui dépassait. On aurait dit une antenne de cafard. La lumière était faible, mais suffisante pour éclairer la cicatrice… et la silhouette de Consuelo, qui se reflétait dans le miroir.

— Comment ils sont morts, tes parents ? – Il ne restait plus beaucoup d'alcool, mais encore assez pour imbiber une compresse.

— Ils se sont noyés en traversant le Cumboto.

J'ai laissé le flacon à côté de l'antiseptique.

— Avant, tu trainais avec un sale type qui te suivait partout.

— C'était l'oncle de la dernière famille avec qui j'ai vécu.

— Avec combien d'autres familles tu as vécu ? – Ce n'étaient pas des points de suture, c'était du raccommodage, mon front allait ressembler à une guenille.

— Cinq.

— Tant que ça ? Pourquoi ?

— Après la mort de mes parents, je collais tout le monde. Dès que je trouvais un groupe, je ne le lâchais plus d'une semelle. C'était plus sûr que de rester toute seule. Les gens me laissaient les accompagner en échange de quelques services : porter les affaires, m'occuper des enfants ou faire les commissions.

— Ne pas vouloir rester toute seule, c'est une chose… – j'ai pressé la gaze imbibée d'alcool sur la plaie – mais ce n'est pas une raison pour traîner avec de tels énergumènes… Aïeeeee !

— Ça te brûle ?

— Je me plains parce que j'adore ça ! Mais ne change pas de sujet ; pour une fois que tu me racontes quelque chose…

— Laisse-moi t'aider…

— Je m'en sors très bien toute seule.

Quand j'ai ouvert la bouteille d'antiseptique, j'ai fait tomber le bouchon en plastique.

— Alors, qu'est-ce qui s'est passé ensuite ?

— Comme d'habitude. Dans toutes les familles il y avait un peloteur ou un harceleur, mais celui-là, c'était différent. Il était tout le temps après moi. Dans les foyers, il s'allongeait contre moi et me soufflait dans la nuque. Il me collait, il ne me lâchait pas.

— Et toi, avec ton caractère, tu te laissais faire ? – J'ai eu du mal à remettre le bouchon.

— Il a menacé de me dénoncer si je ne couchais pas avec lui.

J'ai mis un peu d'antiseptique sur les points de suture. La brûlure était insupportable.

— Laisse-moi faire. Quand quelqu'un d'autre te le met, ça va plus vite et ça fait moins mal.

J'ai obéi.

— Au début… – Elle a désinfecté les points avec le reste d'antiseptique –. Ça te fait mal ?

— Continue, continue. Comme ça on finit plus vite. Que s'est-il passé alors avec lui ?

— Ben, j'ai dû le faire, je n'avais pas le choix… Au début, c'était juste de temps en temps, mais ensuite il voulait le faire tout le temps.

— Tu l'as fait comme ça, sans préservatif ni rien ? – Elle a fait la sourde oreille tandis qu'elle soignait le dernier point –. Comment il s'appelle ?

— Ramiro…

— Ramiro comment ?

— Ça suffit comme ça ou tu veux que j'en mette plus ?

— C'est bon. – J'ai ramassé les cotons –. Je reviens tout de suite. Je vais brûler tout ça et éteindre le groupe électrogène.

Un nuage a envahi le ciel. Ce n'était pas seulement l'eau ou l'air qui le poussait, mais quelque chose de plus fort qui ne semblait pas avoir de but. Le vent ne donne pas d'explication et c'est pour ça que jamais personne ne lui en demande. Alors pourquoi fallait-il que moi, j'en réclame à Consuelo ? J'étais bien arrivée jusqu'ici pour une raison, et tout le monde avait le droit d'avoir les siennes. Le bout du monde n'était pas un endroit précis, et ce n'était pas le même pour tous ceux qui tentent de s'en sortir.

Consuelo s'était arrangée avec cette vie comme elle avait pu, ou c'est du moins ce qu'elle m'avait expliqué. Elle avait aussi raconté qu'elle n'avait ni frères ni sœurs et qu'avant de tenter de traverser la frontière à la nage, ses parents vendaient des marchandises dans une boutique de la rue principale de Cocuyo, la dernière ville de la sierra orientale.

— Parfois je leur donnais un coup de main, mais ils n'aimaient pas me voir dans la boutique...

Elle a posé les mains sur son ventre, comme si elle craignait qu'il ne prenne la fuite et n'abandonne son corps.

— Les irréguliers tuaient et séquestraient de plus en plus souvent. Mes parents ne pouvaient plus importer de produits pour les vendre et, quand ils y parvenaient, les gens ne les achetaient pas. Et puis il y a eu le virus et tout a empiré.

Le répulsif s'était consumé. Il ne restait par terre que quelques petits tas de cendres autour de la bouteille où j'avais placé la spirale.

— Mon papa voulait à tout prix éviter les contrôles, prendre les raccourcis et passer par les chemins clandestins dans les gorges. C'était dangereux et il le savait très bien.

L'eau avait sectionné la corde à laquelle ils se tenaient pour traverser le gué de Marraneros, le premier point de contact du Cumboto avec la frontière. Malgré la pluie, son père s'est entêté.

— C'était dangereux et il le savait très bien, a-t-elle répété.

Le courant l'a ramenée sur la berge, mais il a emporté ses parents en quelques secondes.

— Les troncs et les pierres charriés par le courant les ont entraînés vers l'embouchure. Je les voyais, mais je ne pouvais rien faire. – Elle a bu son café –. Les agents de la protection civile sont venus me chercher le lendemain. Mais nous avions pris un chemin illégal et j'avais perdu mes papiers, alors ils m'ont emmenée au commissariat.

Consuelo parlait comme si toute cette histoire était arrivée à quelqu'un d'autre, ou peut-être qu'à force de la répéter dans sa tête, tout cela n'avait plus grande importance pour elle. Elle a fait sa déposition aux gardes-frontières, qui l'ont conduite vers les tentes où d'autres cherchaient leurs proches. Ses oncles, qui devaient les recevoir elle et ses parents de l'autre côté de la frontière, avaient été séquestrés et étaient morts, lui avait-on dit avant de la placer dans un foyer pour mineurs.

— Je n'ai pas tenu plus d'un an. Je me suis enfuie et je me suis débrouillée dans les foyers pour adultes, au moins j'y rencontrais d'autres personnes qui essayaient de passer la frontière.

Elle les a suivies de village en village.

— Deux fois de suite, ils m'ont laissée en route. Ils faisaient la même chose avec les vieillards : ils les abandonnaient et continuaient leur chemin.

Sa tasse était vide.

— Et qu'est-ce qui s'est passé avec la dernière famille, celle du fameux Ramiro ?

— Ils étaient nombreux, dix ou douze, mais la moitié

s'est noyée en voulant traverser le fleuve. Ramiro a commencé à faire son chef et c'est devenu un enfer. Fais ci, fais ça, porte ceci, porte cela. Plus il buvait et pire c'était.

— Pourquoi tu ne l'as pas dénoncé ? Visitación aurait pu te donner un coup de main.

— Comment ? Je n'avais pas de papiers. Si j'avais porté plainte, on m'aurait mise en garde à vue. Quand je lui ai dit que je n'avais plus mes règles, Ramiro s'est mis à raconter que je lui volais des trucs, que je couchais avec d'autres dans son dos... Avec l'argent que tu m'as laissé, j'ai acheté un billet de bus pour Mezquite. J'ai trouvé du travail comme femme de ménage dans les bars à hôtesses. Au moins on me laissait dormir à l'intérieur.

Un coup a ébranlé la porte de la remise. J'ai saisi la machette et j'ai posé un doigt sur mes lèvres. Nous avons attendu quelques minutes en silence.

— Chut, – j'ai baissé la voix – ne bouge pas.

Je me suis penchée à la fenêtre, mais je n'ai vu personne. Quand j'ai ouvert, j'ai trouvé une pelote de grosses mouches qui remuait sur le ciment. J'ai pris la carabine.

— Prends ça. – Je lui ai laissé la machette –. Si tu entends quelque chose de bizarre, cache-toi sous l'évier.

— Je viens avec toi.

— Fais ce que je te dis ! – J'ai ouvert le verrou –. Cache-toi ! – Mais elle ne m'a pas écoutée.

Dehors rien n'avait changé : le même vent et la même invasion d'insectes. Je suis allée jusqu'à la tombe d'Higinio et de Salustio. Tout semblait en ordre. Je suis retournée à la remise sans faire de bruit. J'ai fermé la porte à double tour et je me suis allongée à côté de Consuelo, avec la machette et la carabine à portée de main, de part et d'autre de la paillasse. Un éclair a secoué la nuit. Avant que le tonnerre commence à éclater, de grosses gouttes sont tombées sur le toit en zinc.

— Il y a quelqu'un ? a-t-elle demandé.

— Non. C'est l'orage. – Un autre éclair a strié le ciel –. Tu n'as pas répondu à ma question, ai-je insisté. Quel était le nom complet de cet homme ?

— Ramiro…

— Et… ?

— Ramiro Nasario, lui aussi il venait de la sierra orientale…

La pluie s'est abattue.

— Il est encore en vie ?

— J'espère que non. Si seulement le courant l'avait emporté lui aussi. Je n'aurais pas ce problème…

Elle a caressé son ventre.

— Nous autres qui venons de la sierra orientale, c'est toujours nous qui apportons les problèmes…, ai-je murmuré.

— Tu vas tout raconter à Visitación ?

— Dors, demain sera un autre jour.

Dehors, le vent claquait et l'eau formait des flaques dans le sable.

J'ai accroché les moustiquaires. Tandis que je fixais la toile à l'aide de tenailles, j'ai aperçu par la fenêtre une silhouette noire, l'ombre d'un homme qui s'éloignait au milieu de la tempête.

Aurelio a caché une partie de l'argent et avec le reste il a ouvert un compte au nom de sa femme. Ils se sont installés dans la maison familiale où Salvación avait grandi, une grande parcelle située près de la place. San Fernando était un endroit sûr, mais il faisait en sorte qu'on ne les voie pas trop au village. Sa belle-sœur se doutait de quelque chose, et il ne voyait pas comment justifier leur présence aussi longtemps.

Il allait tous les jours à la plage avec son fils pour pêcher des *guacucos,* des petites palourdes que le courant recrachait sur la rive. Ils passaient toute la matinée à les ramasser, les genoux dans le sable. Arturo était si concentré qu'il en oubliait même de demander quand ils rentreraient et pourquoi sa maman était si énervée. De retour à la maison, ils les lavaient sous un filet d'eau pour les cuire jusqu'à ce que la chaleur du teflon les ouvre.

— Celui-là, il est mauvais ! criait son fils.

— Ils ne sont pas mauvais, Arturo. S'ils ne s'ouvrent pas, c'est qu'ils ne sont pas bons à manger. C'est tout.

— C'est ce que je dis… Ils sont mauvais !

— Ils ne sont pas mauvais, mais ils ne sont pas bons à manger.

Sa belle-sœur, qui étendait le linge dans le patio, les entendait se chamailler.

— Ton fils a raison. Les *guacucos*, c'est comme les hommes : certains sont bons, et d'autres pas… mais on n'a pas besoin de les mettre dans une poêle pour s'en rendre compte… Pas vrai, Aurelio ?

Elle n'était pas la seule à le traiter comme un intrus. C'était à peine si sa femme le regardait. La colère les séparait, jusque dans leur lit. Le bébé dormait dans un petit couffin, et l'aîné, étendu comme un mur entre eux. Les nuits étaient longues. Les moustiques et la chaleur ne le laissaient pas fermer l'œil, et quand il y parvenait enfin, Aurelio se réveillait en sursaut.

Il était hanté par l'image de l'homme mort sur son bureau et par la sirène de l'ambulance fonçant en direction du village. Visitación et Angustias rôdaient aussi dans ses insomnies. Il a voulu allumer le téléphone, mais il s'est retenu. Il craignait qu'on ne le localise. Abundio était capable de tout.

Les nouvelles de la sierra ne parvenaient pas jusqu'à la côte et dans les deux ou trois boutiques du village on ne vendait pas, ou rarement, la presse nationale. La connexion internet était mauvaise et même quand ça fonctionnait Aurelio n'arrivait pas à lire les pages des journaux locaux.

Après y avoir longuement réfléchi, il est allé chez le garagiste du village. Un atelier où se rendaient les pêcheurs pour réparer les moteurs de leurs bateaux. Une Range

Rover était garée devant l'entrée ; assez spacieuse, elle avait de bonnes roues tout-terrain.

Le patron a refusé de jeter un coup d'œil à la Toyota, prétextant qu'il ne réparait que les bateaux. Aurelio a posé cinq billets de cinq cents sur le comptoir.

— Si, en plus de faire une révision technique de ma voiture et des freins, vous me prêtez votre Range Rover, je vous laisse deux cents de plus.

— La Toyota vous appartient ? a demandé l'homme.

— Tous les documents sont dans la boîte à gants, vous pouvez vérifier. La vôtre aussi est en règle, non ?

Il a acquiescé.

— Sur la côte, nous sommes tous des gens honnêtes et nous voulons croire que les autres le sont aussi.

— Et vous faites bien, a répondu Aurelio, mal à l'aise.

Après avoir compté l'argent, l'homme a sorti un carnet à souches, il a noté la somme totale et a tendu la feuille à Aurelio, qui avait emprunté le nom de famille de sa femme et s'était inventé une signature. Pour se couvrir, il a posé un autre billet de cinq cents.

— Je vous laisse la Toyota, au cas où je tarderais un peu plus.

— Je ne vous ai jamais vu dans le coin.

— Je suis le beau-frère des Rodríguez. Ils vivent à deux pas.

Le garagiste restait méfiant, mais les billets semblaient avoir fini de le convaincre. Aurelio est reparti avec la Range Rover. Sa femme ne lui avait pas adressé la parole de la matinée, mais en le voyant elle l'a assommé de questions : « Il est à qui, ce pick-up ? », « Où vas-tu ? », « Tu ne vas tout de même pas nous planter là ? », « Explique-moi, j'ai le droit de savoir ! ».

Il est resté silencieux.

— Aurelio, réponds !

— Si tu as besoin de la Toyota, va la chercher chez le garagiste. Tu n'auras qu'à lui dire que tu es ma femme. Il est au courant.

— Ne fais pas le sourd. Tu m'as très bien entendue, alors réponds !

— Et appelle-moi s'il se passe quelque chose de grave. Avec le nouveau téléphone, mais seulement si c'est urgent.

— Qu'est-ce que tu vas faire ? a-t-elle insisté.

— Une fois que je serai parti, raconte à ta sœur ce qui s'est passé à Mezquite. Ne donne pas trop de détails. Et si quelqu'un me cherche, fais l'idiote.

— Tu vas revenir ?

Aurelio n'était pas sûr de sa réponse.

— Dis à ma belle-sœur que j'ai pris les vêtements de son mari, a-t-il répondu.

Il l'a embrassée sur la joue et a quitté la maison sans faire de bruit. Quand il a ouvert la portière de la Range Rover, il a entendu quelqu'un l'appeler. C'était son fils Arturo. Il l'attendait devant la porte, un seau en métal à la main.

Visitación a apporté de la brioche et du lait pour le petit déjeuner. Elle est entrée dans la remise juchée sur des sandales à talons d'où dépassaient ses ongles vernis, couleur nacre.

Elle avait les pieds couverts de boue. L'orage avait tout trempé.

Nous avons mangé la brioche avec du café au lait, puis nous sommes parties à Cucaña. L'air froid du matin nous a réveillées. Visitación a allumé la radio et changé de station jusqu'à trouver sa préférée. Elle n'a pas tardé à se mettre à chanter :

Que je te pardonne, moi ?
Que je te pardonne ?
Comme si j'étais un saint homme.
Regarde-moi bien, ma lionne :
moi je suis un homme.
Impossible que je te pardonne.
Prends ta tête, ma belle, et use de ta cervelle !
J'allais me marier avec toi, et j'allais me planter.
Et maintenant ciao bye-bye, ma beauté.

Une merde d'oiseau s'est écrasée sur le pare-brise.

— Raaaa, pigeon, sale fils de pute ! Le Saint-Esprit nous accompagne. Regarde, Angustias ! C'est une bénédiction !

Elle a mis les essuie-glaces pendant que Consuelo récitait un Ave Maria à voix basse.

En arrivant à Cucaña je m'attendais au pire : que quelqu'un nous mette une balle dans la cervelle ou que Consuelo tombe sur Ramiro. Au fond, la ville n'était pas bien grande. Nous nous sommes garées à côté des vide-ordures. Là au moins, personne ne nous verrait et nous pourrions passer inaperçues entre les camions poubelles et les diables des vendeurs.

Il y avait une longue queue pour entrer à l'hôpital. Au bout de deux heures, nous avons pu présenter le justificatif au guichet des admissions. Nous sommes montées à l'étage des échographies et nous avons attendu qu'on nous appelle. Tout prenait une éternité dans cet endroit plein de femmes qui venaient depuis la sierra orientale pour accoucher.

Quand on a crié son prénom, Consuelo s'est levée d'un bond. Une infirmière s'est approchée de nous.

— Vous êtes sa maman ?

— Dieu m'en garde ! – Visitación ne baissait pas la garde, pas même dans ces circonstances –. La maman, c'est elle.

Je me suis levée à mon tour.

— Pas tout de suite. Attendez qu'on vous appelle. Toi, viens avec moi.

Consuelo s'est mise en route en traînant les pieds, comme si une bave collait ses chaussures au sol.

— Tu t'inquiètes trop. Celle-là, elle n'a pas besoin qu'on prenne soin d'elle. Elle en sait plus que toi et moi réunies.

— Ça suffit, Visitación, arrêtez de me sermonner.

Trois autres femmes les ont suivies. Leur visage était creusé par la faim et leurs yeux semblaient enfoncés dans leurs orbites. Elles étaient si maigres que leur ventre ressemblait à un coussin caché sous les os, comme si leurs enfants étaient en train de les dévorer de l'intérieur.

Visitación, qui ne supportait pas le silence, s'est mise à parler des derniers potins de Mezquite.

— Abundio a un énorme drapeau noir pendu à la porte de sa maison.

— Tu y es allée ?

— Tu es folle ! Les irréguliers sont entrés à coups de mitraillettes ! Je te répète ce que tout le monde raconte.

— Et qui ils ont tué ?

— Je ne sais pas si c'est Abundio, sa femme ou sa fille. Personne ne les a vus depuis plusieurs jours.

— Et Críspulo ?

— Il se cache, c'est sûr, comme les rats, c'est un trouillard. Ce qu'a dit le gars du marché, c'était vrai : Aurelio aussi a disparu. Il est parti avec sa famille et a laissé sa maison fermée. Il n'a même pas rangé son bureau à la mairie.

Une sensation désagréable m'a parcouru le corps. Les choses ne tournaient pas rond, ça, on le savait. Le tout était de savoir à quel point ça pourrait être pire.

— Vous êtes retournée dans votre maison de Mezquite ?

Elle a fait non de la tête.

— Ce serait de la folie ! Les irréguliers sont partout et

ils sont plus excités que jamais. Déjà qu'ils ont descendu Reyes et Víctor Hugo, alors moi, ils se feraient un plaisir de me réduire en purée.

Un médecin est passé dans le couloir. Je me suis levée, mais l'homme a continué sans faire attention.

— Et comment vous avez appris tout ça ? – Ça ne m'intéressait pas beaucoup, mais au moins ça faisait passer le temps.

— C'est Jairo qui m'a tout raconté.

Nos yeux sont tombés sur une affiche qui disait de respecter le silence.

— Hier soir, un homme est venu au cimetière.

— Qu'est-ce qu'il voulait ?

— Je ne sais pas. Il a fait un tour et il est reparti.

— Tu ne vas pas recommencer. Tu penses vraiment que Simplet s'est transformé en guérillero et qu'il veut notre peau ? Il n'y a aucune raison que ce soit lui…

— Vous vous souvenez du jour où les irréguliers ont débarqué ?

— Qu'est-ce que tu en sais ? On ne pouvait rien voir.

— Il y en avait un qui venait de la sierra orientale. Celui qui n'arrêtait pas de venir voir son chef…

— Ça pouvait être n'importe qui d'autre. Comme si ton mari était le seul à avoir passé la frontière.

— Et les jouets ? Et les bonbons ? Et les figurines en bois ? Il était doué pour sculpter le bois.

— Il peut très bien les avoir laissés là… Ça ne fait pas de lui un guérillero. Il peut aussi gagner sa vie en faisant paître des chèvres ou en brûlant des poubelles.

Une autre femme enceinte est passée devant nous. Elle avait l'air épuisée et traînait ses chevilles enflées.

— Vous allez revenir vivre au Tiers Pays ?

— Et où veux-tu que j'aille ?

— Auprès de votre famille et de vos petits-enfants. Vous y seriez en lieu sûr.

— Et qu'est-ce que je fais de mes morts ?

— Ils resteront dans leurs tombes, Visitación. Ils n'en sortiront jamais.

Un bébé flottait au milieu de l'écran ; on aurait dit un haricot. Il avait les yeux et les poings fermés. Il nageait, enveloppé dans une poche d'eau ; il avait l'air bien, dans sa caverne de chair et de sang. Consuelo ne l'a même pas regardé, comme si cette vie lui était étrangère.

Je me suis poussée pour laisser passer le médecin, un homme jeune et grand.

— Vous êtes sa maman ? – J'ai acquiescé –. Le fœtus va bien, nous allons regarder de plus près. Approchez. – Il a passé la sonde sur son ventre –. Il sera là d'ici une semaine. La future mère semble déjà tout savoir, parce qu'elle n'a posé aucune question. – Il a mis ses gants –. Et vous, vous voulez savoir quelque chose ?

— Je suis ici pour l'accompagner.

Le médecin a brisé le silence avec quelques indications : alimentation, exercices de respiration et sommeil.

— Où allez-vous accoucher : ici ou dans la sierra orientale ? – Le médecin faisait tout son possible pour nous mettre en confiance.

Malgré ça, Consuelo n'a pas répondu. Alors je me suis

rendu compte que la course contre la montre commençait.

— Il n'y a qu'un seul dispensaire à Mezquite, a poursuivi le docteur. Tu sais que tu peux accoucher dans n'importe quel hôpital de la sierra ? Pour être admise ici, tu n'auras qu'à présenter ta carte d'identité.

— Si c'est tellement facile, pourquoi tant de femmes attendent dehors ? – C'est la seule question qu'elle a posée.

— Toutes ne viennent pas pour les mêmes raisons. Certaines, comme toi, viennent pour une échographie. D'autres, pour une visite de contrôle. Beaucoup pour accoucher, mais pas toutes.

Le bébé semblait plus grand sur l'écran. Obsédée par les morts, moi aussi j'avais oublié le temps que prend la vie pour venir au monde.

— Tu te sens bien, Consuelo, tu es sûre ? a insisté le médecin. À part l'accident, il y a autre chose ? Un problème physique ou psychique ? Tu dors bien, tu manges régulièrement ? Tu as pris des médicaments avant de tomber enceinte ?

— J'ai toujours été en bonne santé.

— Très bien. Si vous n'avez pas d'autres questions, nous avons terminé.

— Moi j'ai une question... Je voudrais connaitre le sexe du bébé.

Consuelo a tourné la tête vers le médecin.

— C'est une fille.

Quelqu'un a appelé depuis le couloir. Le gynécologue est sorti de la salle de consultation et il est revenu quelques minutes plus tard, un papier à la main.

— Comment tu vas l'appeler ? C'est un joli prénom,

Consuelo. – Voyant qu'elle ne voulait pas répondre, le médecin a examiné l'échographie et l'a glissée dans une enveloppe. Il a écrit la date et a griffonné un numéro de téléphone à côté de l'en-tête de l'hôpital –. Voici mon numéro, appelez-moi s'il y a un problème.

Consuelo s'est essuyée avec une serviette en papier et elle est sortie de la pièce sans dire au revoir.

Visitación les observait, de l'autre côté de la vitre. La salle des nouveau-nés était une pièce lumineuse tapissée de carreaux blancs où les infirmières entraient et sortaient, des bébés dans les bras. À l'intérieur, ils dormaient emmitouflés dans des couvertures colorées, et ils portaient des gants et des chaussons en coton. Ils avaient tous la peau rougie et les yeux fermés, cet aspect froissé qu'ont les enfants après avoir lutté pour venir au monde.

— Qu'est-ce que tu as ? On dirait que tu sors d'une veillée funèbre.

Consuelo n'a même pas regardé les bébés et a continué droit vers l'escalier.

— Laissez-lui un peu de temps, ça va lui passer ; c'est l'émotion.

— Elle n'a pas l'air très émue.

— Laissez-la tranquille. Vous n'arrêtez pas de la sermonner.

— Mais je voulais juste savoir comment ça s'était passé ! Je m'en vais lui dire ce que je pense, à cette ingrate !

Je l'ai prise par le bras, mais elle s'est dégagée.

— Lâche-moi, espèce d'empotée !

— Parlez moins fort, Visitación ! Vous ne pouvez pas vous taire pour une fois ?

— Et qu'est-ce que j'ai dit ? La vérité ! Elle n'a pas l'air d'avoir très envie d'accoucher !

— Vous ne comprenez rien.

— Je comprends plus que toi et c'est pour ça que je le dis.

Deux médecins nous ont regardées de travers.

— Ni l'une ni l'autre ne font partie de ta famille, a-t-elle chuchoté. Si elle veut jeter ce bébé dans une décharge, ce n'est pas toi qui vas l'en empêcher.

— Vous ne pouvez pas la supporter, c'est clair. – J'ai repris ma respiration –. Parfois, je me demande si vous ne préférez pas vos morts parce qu'ils ne peuvent pas vous contredire. C'est ça, pas vrai ?

Visitación est partie, furibarde. Je n'ai pas essayé de la rattraper. Si elles étaient si décidées, elle et Consuelo, qu'elles y aillent. L'une dans son cimetière et l'autre où bon lui semblait.

Le changement de garde des infirmières avait inondé le couloir d'un flot de rires, de plaisanteries et de bribes de conversations. J'ai regardé les bébés ; je pouvais presque sentir leur peau tiède. Je me suis demandé lesquels allaient survivre. Ceux qui le pourraient allaient changer de taille et d'apparence : plus ou moins grands ; gros ou maigres ; garçons ou filles. Et même si chacun allait faire son chemin, ils resteraient toujours les enfants de quelqu'un. Ils finiraient par prendre leurs distances et par oublier, de la même façon qu'on les oublierait.

Aurelio Ortiz a fait le signe de croix et il a embrassé le canon de son arme automatique. Si sur terre les sicaires prient la Vierge pour ne pas rater leur cible, pourquoi ne pouvait-il pas demander un miracle pour tirer juste ? Comme il n'était pas certain du résultat de ses prières, il a décidé de prendre aussi sa batte.

Deux bergers allemands aboyaient, attachés à un lampadaire. Ça sentait l'essence et la musique évangélique provenant d'une radio couvrait le bruit des cigales. Peut-être étaient-ils tous morts et cela n'était-il qu'un chœur de fantômes. Les cages du chenil étaient vides et grandes ouvertes. Dans la remise il y avait un amoncellement d'outils, de bidons et de caisses d'engrais scellées.

Il s'est penché sur le canal mais n'y a vu que des larves que le courant emportait. Une plume de vautour couverte de terre est tombée à ses pieds ; il l'a écartée du bout de sa chaussure. Les cheminées de l'usine expulsaient une colonne de fumée blanche, semblable à celle des fours crématoires. Ça empestait la merde d'oiseau et la fiente séchée, mais aucune trace des coqs de combat d'Abundio. Les combattants américains et les malais avaient disparu ; tout comme les coqs de la région. Quelques plumes de duvet flottaient encore à l'intérieur du poulailler envahi par les tourterelles sauvages.

Dans les stations-service de la sierra on racontait des tas de choses : qu'Abundio était mort, que les irréguliers n'avaient plus de chef et qu'ils faisaient tout ce qu'ils voulaient. Mais personne ne parlait de Críspulo ; du moins n'avait-il rien entendu à son sujet. L'Indien était le plus fidèle collaborateur du vieux. S'il n'était pas mort, où était-il allé se fourrer ?

Il a marché en essayant de ne pas faire de bruit, mais un trou l'a fait glisser et il est tombé sur le pied gauche. Allongé par terre, sentant une douleur à la cheville, il a entendu un grognement. Il a empoigné le neuf millimètres. Deux dobermans noirs se sont approchés en montrant leurs crocs couverts de tartre et de bave. De leurs cous pendaient des chaînes brisées qu'ils traînaient.

Aurelio Ortiz a récité par cœur la prière que les bonnes sœurs de Mezquite lui avaient apprise au collège.

— Par le signe de la sainte croix, de nos ennemis…

Il a retiré le cran de sûreté de son arme.

— … délivre-nous, Seigneur, notre Dieu.

Les bergers allemands attachés au lampadaire ont aboyé plus fort.

— Au nom du Père, du Fils et du Saint-Esprit…

Grrrrrr. Grrrrr. Grrrrr.

L'air était imprégné de l'haleine de ces sales bêtes.

Grrrr. Grrrr.

Il a appuyé sur la détente.

Grrrr. Grrrr.

L'arme a fait un bruit sec de jouet. Le chargeur était

vide. Transformé en proie facile, et pétrifié par la peur, il a attendu, résigné, avec l'unique intention de se défendre de toutes ses forces.

— Par le signe de la sainte croix, de nos ennemis, délivre-nous, Seigneur, notre Dieu…, a-t-il récité, serrant la batte en métal contre lui.

Une Kawasaki est arrivée ; elle venait de la route. En l'entendant, les dobermans se sont mis à courir vers le portail. Il en a profité pour filer vers la Range Rover. Une fois à l'intérieur, il a rechargé son arme automatique. Críspulo est descendu de la moto. Le doigt sur la détente, Aurelio a hésité entre lui tirer dessus ou se faire exploser la cervelle.

— Par le signe de la sainte croix, de nos ennemis, délivre-nous, Seigneur, notre Dieu…

L'affaire était conclue. Les médecins légistes de Cucaña me donneraient un coup de main quand Consuelo serait sur le point d'accoucher, en échange, je m'occuperais du corps d'une femme de quatre-vingts ans que personne n'était venu réclamer depuis trois mois. C'était monnaie courante. Ils recevaient plus de cadavres qu'ils ne pouvaient en conserver ; presque tous des vieillards, que les familles abandonnaient à la frontière, craignant d'être expulsées si elles venaient les réclamer.

La vieille femme pesait trois fois rien, et elle n'allait pas demander trop de travail. Elle avait deux doigts en moins. On les lui avait coupés pour prendre ses empreintes. Le ventre présentait une cicatrice verticale : l'entaille décolorée de laquelle étaient sortis ceux qui l'avaient abandonnée sur le bord de la route. La peau pâle laissait voir les os d'un organisme diminué et sous-alimenté ; figée et morte, comme les promesses, quand personne ne les tient.

— Qui es-tu ? Qui t'a laissée tomber ?

De sa bouche noircie n'est sortie aucune réponse. J'ai rassemblé les phalanges amputées et je les ai enveloppées dans du tissu.

Visitación m'avait donné l'autorisation d'amener le corps au Tiers Pays. C'est elle qui a préparé la seule niche encore libre. Elle l'a fait en sifflotant et en chantant ses mélopées. Elle avait peur. La guerre des irréguliers avait perdu toute logique. Ils tiraient sur tout ce qui bouge, sans raison. Nous étions à la merci de n'importe qui. Même les habitants de Mezquite ne nous protégeaient plus. S'il était vrai qu'Abundio était mort, les irréguliers n'allaient pas tarder à venir terminer le travail que le vieux avait laissé inachevé. Et quand ça arriverait, qui allait nous enterrer ?

Visitación est entrée sans frapper.

— Tu veux voir le résultat ?

— Pas la peine. Je te fais confiance.

Nous avons récité un Notre Père, puis nous avons scellé la tombe de la défunte. Comme nous ne connaissions pas son nom, ni sa date de naissance, ni le jour exact de sa mort, nous avons gravé une plaque où figuraient le mois et l'année de son enterrement. C'était tout ce que nous avions.

— Encore un mort sans nom, a soupiré Visitación. Ils sont de plus en plus nombreux.

— Si personne n'a pensé à elle quand elle était en vie, ce sera pire maintenant qu'elle est morte.

— Tu te trompes. Où qu'ils soient, ceux qui l'ont abandonnée souffriront d'une peine redoublée : celle qu'ils ont eue en la laissant et celle qui grandira quand ils comprendront ce qu'ils ont fait.

Elle a redressé la croix de bois sur la tombe, a allumé un de ses cigares et a tiré dessus.

— Toi non plus tu ne voulais pas enterrer tes enfants

dans une boîte en carton. On ne peut pas toujours choisir. – Elle a expiré la fumée par le nez –. Ramasse les affaires, Angustias. La matinée est déjà bien avancée.

Nous sommes retournées ensemble à la remise. Le soleil pesait comme un reproche et un vent de cendres fouettait les arbres du cimetière. J'ai eu l'impression que c'était la fin de Las Tolvaneras et j'ignorais moi-même les raisons pour lesquelles j'étais encore là. Le temps s'était arrêté, au point que même les minutes s'étaient figées.

— Hier, j'ai entendu parler de ton mari. – Visitación continuait à fumer –. Tu as vu quelque chose de bizarre ces derniers temps ? – J'ai fait non de la tête –. Garde les yeux bien ouverts, on ne sait jamais…

— Vous avez du nouveau ?

— Les gens parlent, c'est tout…

— Visitación, regardez !

J'ai jeté la pelle et je me suis mise à courir en criant.

— Angustias, arrête ! Où tu vas ?

Un serpent vert avait surgi entre les deux dividivis sous lesquels Consuelo était en train de balayer des feuilles mortes.

— Sors de là tout de suite ! – Elle n'a pas fait attention à moi –. Sors d'ici, je te dis !

Elle m'a regardée comme si j'étais devenue folle.

— Un serpent vient de passer au-dessus de ta tête ! Bouge de là ! Tu veux qu'il te morde ?

— Ce ne sont que des nuages, Angustias. Tu es en train de perdre la tête. – Et elle a continué à balayer.

— Ce n'est pas un nuage, idiote ! C'est une vipère verdigalla, a marmonné Visitación. Ce sont de petits serpents qui cherchent un endroit pour pondre leurs œufs bien au chaud. Cette gamine qui a passé sa vie à aller de buisson en buisson, elle devrait bien les connaître.

— Je n'en avais jamais vu. – Consuelo a levé les yeux, sans lâcher le balai.

— Eh bien retourne-toi… Tu en verras une qui cherche un nid et on dirait qu'elle l'a trouvé. Il n'y a rien de plus confortable qu'une femme enceinte.

Le serpent est tombé de la branche. Incrustés dans sa tête triangulaire, deux yeux noirs brillaient sur la peau vert émeraude.

Críspulo Miranda a jeté la machette à terre. Il était pâle et ses yeux avaient perdu leur couleur de bile. Cet homme était devenu l'ombre de celui qu'il avait connu. Il était plus maigre et ses orbites dévoraient son visage.

— Si vous le rencontrez au royaume des morts, dites à Abundio que j'ai tout fait pour le sauver ! Dites-le-lui ! a-t-il crié.

Le vent a fait tomber plusieurs mangues de l'arbre qui à cette époque de l'année était chargé de fruits. Même les guêpes semblaient affolées. L'Indien s'est mis à genoux à côté de ses chiens ; il était inconsolable. Aurelio a fait quelques pas.

— Críspulo, je ne suis pas mort.

— Ne m'emportez pas !

— Je suis encore vivant, je te dis. Je ne suis pas un revenant ! Tu ne vois pas ?

— C'est ce que disent les morts-vivants quand ils viennent vous chercher.

— Où est Abundio ? a demandé Aurelio.

— Au fond du fleuve, avec les piranhas…

— Que s'est-il passé ?

— Il lui courait après, et elle l'a poussé dans l'eau... – Le récit de Críspulo était confus et fébrile.

— Qui c'est, « elle » ? De qui tu parles ?

— Je vous dirai tout ce que vous voudrez, mais ne m'emportez pas.

La nuit où les irréguliers ont pris Mezquite, le Mono s'est rendu chez Abundio avec ses hommes pour exiger les terrains de Las Tolvaneras.

— Ils étaient armés, mais nous aussi. – Un sourire s'était dessiné sur les lèvres de Críspulo –. Don Abundio a sorti la carabine, mais il a raté sa cible et le Mono lui a tiré dans le bras. Les nôtres ont pris leurs flingues et la fusillade a commencé. Ça faisait trois jours que les chiens ne mangeaient pas. Ils avaient faim... – Críspulo a embrassé ses dobermans –. Roco et Azufre sont tombés sur les hommes du Mono ; ils ne leur ont même pas laissé de bouche pour ricaner. Il n'y a eu qu'un survivant. Et c'était parfait..., il allait pouvoir tout raconter à tout le monde.

— Qui d'autre était là cette nuit-là ?

— Doña Mercedes et la petite...

Quand elle a entendu les coups de feu, la femme d'Abundio a couru dans le bureau. Quand elle est arrivée, un des fauves grignotait ce qu'il restait du visage du Mono. Elle s'est mise à crier et ses hurlements ont déchaîné la furie de son mari. Aurelio connaissait suffisamment Alcides Abundio pour imaginer la suite. Rater le Mono l'avait rendu fou de rage, et les cris de Mercedes n'avaient pas dû arranger les choses.

— « Je vais te tuer ! » – Críspulo a fait semblant de pointer une arme –. Don Abundio a répété ça plusieurs fois. Et je les ai suivis.

Mercedes avait couru jusqu'à la rivière qui délimitait le terrain. C'étaient des eaux troubles où il était dangereux de tomber en cette époque de l'année. Abundio était blessé et il boitait, mais il l'a tout de même poursuivie, l'arme à la main. Mercedes avait réussi à prendre de l'avance, mais elle a glissé sur la terre humide et son mari a pu la rattraper. L'effort et sa blessure au bras, qui saignait de plus en plus et l'affaiblissait, l'ont fait tomber sur elle comme un ballot de linge.

— Abundio a essayé de la frapper, mais elle a enfoncé ses ongles dans son bras blessé. Ils se sont battus comme des chats et sont tombés tous les deux dans la rivière.

Críspulo s'est tu. De nouveau il ressemblait à une poupée de chiffon.

— Les piranhas sentent le sang, et comme Abundio en avait perdu beaucoup... Ils l'ont dévoré en quelques secondes. Ils ont crié tous les deux en s'enfonçant dans l'eau.

— Tu ne les as pas aidés ?

L'homme de main a caressé ses chiens.

— Tu les as aidés, oui ou non ?

— C'est pour ça que tu es venu me chercher, hein ? Tu vas m'emmener aux Enfers, tu es venu pour ça, pas vrai ? – Il a sorti de sa poche une flasque de liqueur d'anis et en a bu un coup –. Non, je n'ai rien fait. – Il a bu une deuxième gorgée –. C'est Perpetua qui a appelé l'ambulance.

Sous l'effet de l'alcool, ses yeux brillaient.

— Mercedes est morte de la même façon que sa mère. Elles sont toutes les deux au fond de la rivière... – Il s'est mis à pleurnicher –. Et le vieux n'est plus là.

— Et la gamine ? Où est-elle ?

— Ne l'emportez pas ! Pas elle !

— Où est-elle, Críspulo ?

L'Indien s'est frotté le visage. Il était en sueur et avait la même odeur que ses chiens.

— Va-t'en d'ici, sale mort ! Va-t'en !

— Mais Críspulo… je suis vivant ! Tu ne le vois pas ?

— Arrière ! – Il agitait les bras dans tous les sens.

Tout comme celle de ses fauves, la cruauté de Críspulo ne lui servait plus à rien. Il a tiré sur la chaîne des chiens et les a attachés à l'arbre, à côté des bergers allemands. Il s'est retourné et a regardé Aurelio droit dans les yeux :

— Si tu es mort, pourquoi tu me demandes ce que tu sais déjà ?

— Laisse-moi voir la petite… – Aurelio a sorti son arme et l'a pointée sur Críspulo –. Conduis-moi auprès de Carmen.

Críspulo était devenu une proie. Il a mis les bras en l'air et s'est assis à côté de ses chiens.

— Où est Carmen ? a répété Aurelio.

— Moi, avec Belzébuth, je n'irai nulle part.

Il a retiré le cran de sûreté puis s'est ravisé. Críspulo était déjà mort. La faim, le remords ou ses propres chiens allaient finir par le dévorer. L'homme de main le plus redouté de la sierra n'était désormais plus que ça : un fantôme qui ne pensait qu'à mourir.

Le pistolet à la main, Aurelio a parcouru ce qu'il restait des cages et a longé le canal d'eaux crasseuses. Il n'a rien trouvé. Si la petite était encore en vie, elle devait être dans le chenil. Il a cherché au milieu des sacs et partout dans l'entrepôt. Elle n'y était pas non plus.

Au fond du terrain, il a aperçu une petite maison construite avec des briques de ventilation. Il a donné un coup de pied dans la porte. Ça puait le chien. Il n'y avait même pas une fenêtre pour aérer et, pour tout mobilier, une pauvre table et un matelas. Sur le sol en terre, Aurelio a vu quelque chose d'étrange. Il s'est baissé pour mieux voir : c'était un morceau de flûte en bois sculpté.

Les poissons encore vivants remuaient dans les paniers. Les femmes maniaient navettes et canifs à toute allure pour raccommoder les filets. Visitación s'est adressée à l'une d'elles :

— María Angula, qu'est-ce qui se passe, c'est quoi ce bazar ?

— Les poissons sont de retour, ma belle !

Les poissons-chats, les tucunarés et les raies fouettaient l'eau et les sardines venaient s'échouer sur le sable. Je suis descendue du pick-up avec une pelle pour aider à ramasser les poissons. Tout le village était en émoi. Nous nous bousculions sous le soleil qui faisait briller nos peaux, comme si nous avions nous aussi des écailles.

Pour charger plus vite, Visitación et moi avons déplacé le pick-up près de la berge où s'étaient réunis les pêcheurs, avec leurs filets et leurs barques. Après des années de sécheresse, le fleuve avait enfin ressuscité. Il faisait chaud et le ciel était lourd, chargé de vapeur d'eau et de sable.

Consuelo nous a apporté un verre de limonade au sucre de canne que Visitación a bu d'une traite, sans même dire merci.

— Angustias, tu bois, toi aussi !

La pulpe du citron et les éclats de sucre brun se sont dissous dans ma gorge ; un délice. J'avais une folle envie de tout boire, mais j'ai laissé la dernière gorgée à Consuelo. Il y avait encore beaucoup de poissons à ramasser ; un miracle inespéré dont il fallait tirer parti malgré nos maigres forces. Peu importait si c'était un don du ciel et des saints. Ces poissons avaient le même effet que les pluies de la Branche de mai : ils calmaient les esprits et se superposaient à une vérité plus amère. Les irréguliers allaient venir nous tuer, mais pas aujourd'hui.

J'ai roulé jusqu'à la place de Mezquite, le coffre plein. Il y avait une odeur de terre et de viscères.

Sur le quai, les pêcheurs grattaient les écailles en les faisant sauter comme des paillettes irisées par la lumière de midi. Puis ils arrachaient les tripes à l'aide de ciseaux et coupaient les têtes d'un coup sec.

Alors que je déchargeais la dernière caisse de tucunarés, j'ai entendu quelques accords, des sons isolés qui ne parvenaient pas à former une chanson. J'ai cherché dans les allées du marché, mais je n'ai trouvé personne.

Avant de repartir, dans un des rétroviseurs, j'ai aperçu Jairo en train d'accorder son instrument. Il avait perdu son bras droit et un bandage taché de sang lui couvrait les yeux. J'ai voulu descendre de la voiture, mais je n'ai pas pu. Les poignées des portières étaient brûlantes et des flammes sont sorties du capot. J'ai essayé de forcer les serrures et de casser les vitres. Rien à faire. Jairo n'a rien fait pour venir m'aider.

— Angustias, réveille-toi. – Consuelo m'a secouée. Encore un cauchemar.

Dehors, le vent remuait la cime des arbres.

Il a appuyé trois fois sur la sonnette. Gladys portait une blouse imprimée et elle avait le regard noir. Elle l'a dévisagé quelques secondes et a refermé la porte à double tour. Aurelio a insisté, mais elle l'a menacé d'appeler la police. Le nouveau maire, lui a-t-elle fait savoir en criant, avait reçu l'ordre de le mettre en prison pour trahison et corruption.

— Ouvre, il faut que je te parle !

— Va-t'en, sale escroc !

Gladys parlait comme si elle était innocente. Ni l'un ni l'autre ne l'étaient et ils le savaient très bien tous les deux. Mais la peur avait effacé la mémoire de l'ancienne secrétaire : tout d'un coup, elle avait oublié toutes les fausses factures qu'elle avait faites sur ordre du vieux.

Abundio était mort, et les irréguliers n'avaient plus de limites ; ils étaient devenus incontrôlables. Ils vendaient leurs services au plus offrant, semant la peur sur leur passage. Complices des passeurs, ils avaient imposé leurs exigences au nouveau maire, Liberio Mójica : ils ne toucheraient pas au village à condition qu'il nettoie la frontière et Las Tolvaneras. Si c'était le prix à payer pour la paix, Mójica était disposé à le faire.

Le remplaçant d'Aurelio était un politicien de province qu'Abundio méprisait car il était mielleux et lèche-bottes. Il avait commencé comme responsable des Jardins et de l'Environnement puis il avait été promu conseiller aux Affaires sociales. Il s'était enrichi sur le dos des dispensaires, au point de s'acheter une maison et trois boutiques dans la rue principale du village.

Il n'avait pas assumé le poste de maire par ambition – Mójica préférait les places discrètes : on pouvait y voler plus tranquillement –, mais une fois investi, il avait résumé la mort d'Abundio dans une déclaration que la presse avait reprise mot pour mot : « Un événement tragique, fruit du chaos dans lequel l'administration d'Aurelio Ortiz avait plongé le village et ses habitants. » Une version perverse qui blanchissait Abundio du pillage dont il avait largement profité lui aussi.

Il n'avait pas dit un mot sur la fusillade chez le vieux, et moins encore sur le braquage à main armée du village ; pas un mot non plus sur les flots de migrants qui inondaient la mairie, ni sur les passeurs qui faisaient leur commerce sur le dos de ces gens. Il a immédiatement fait effacer les trois croix noires sur la façade de la mairie, a lancé un mandat d'arrêt contre Aurelio Ortiz et a décrété la construction d'une statue en l'honneur d'Alcides Abundio, bienfaiteur et homme illustre de Mezquite.

Dorénavant et jusqu'à ce que la justice se prononce, l'entreprise des Fabres, tout comme les anciennes filatures, serait administrée par le gouvernement local. L'enquête sur la mort de Reyes, de Víctor Hugo et du curé s'est perdue, ensevelie dans les méandres de la bureaucratie. Críspulo Miranda a été déclaré fou et la garde de Carmen, l'unique héritière légitime d'Abundio, a été confiée aux sœurs de sa mère. Aucune d'elles n'est venue la chercher : elles avaient envoyé un avocat.

On avait retrouvé la paix ; la même que celle des cimetières.

Il a fini par trouver Jairo pendant les ferias du riz, ces bals que l'on organisait devant la mairie et où les gens se retrouvaient pour dépenser le peu qu'ils avaient dans l'alcool et le crack.

Dans un bar où avaient lieu des combats de coqs, il a dû payer plusieurs tournées à Jairo pour qu'il lui raconte ce qu'Angustias et Visitación étaient devenues.

— Je ne sais pas plus de choses que vous.

Aurelio était lâche mais il n'était pas idiot. Jairo mentait, soit par peur, soit par cupidité.

— Ça fait plusieurs jours que je ne les ai pas vues… Et avec tout ce bazar, plus personne ne parle d'elles. – Le musicien a bu son verre d'une traite.

— J'ai un mandat d'arrêt aux fesses et les irréguliers veulent ma tête. Alors, j'ai autre chose à faire que tourner autour du pot…

— Je sais qu'elles sont en vie.

Aurelio lui a tendu un billet.

— Mais pourquoi ça vous intéresse tant, bon Dieu ? – Jairo a regardé l'argent –. Angustias, vous ne l'avez même pas laissée enterrer ses enfants en paix, quant à

Visitación, vous l'avez virée de son cimetière. Alors pourquoi tout cet intérêt maintenant ?

Aurelio s'est levé. Les sermons, il en avait assez reçu comme ça.

— J'ai payé la bouteille, je te la laisse.

Jairo l'a pris par l'épaule et a parlé à voix basse :

— La dernière fois que je les ai vues, c'est la nuit où les irréguliers ont pris Mezquite.

Le combat de coqs était sur le point de commencer. Aurelio a hoché la tête pour inciter Jairo à poursuivre.

— Je les ai accompagnées pour aller enterrer l'homme que nous avions laissé sur votre bureau. Au retour, j'ai dit à Angustias ce que tout le monde répétait : que son mari était passé du côté des irréguliers…

— Tu l'as vu ?

— Non, mais les gens parlent. – Il a baissé la voix – : C'est le seul qui est sorti vivant de la fusillade chez Abundio ; c'est ce que tout le monde répète : qu'il était là.

— Mais comment ils le savent ? Personne ne le connaît.

— On dit que c'est le même que celui qui est arrivé au village avec Angustias. En plus, il a un accent de la sierra orientale.

— Comment a réagi Angustias quand tu lui as dit ça ?

— Elle était furieuse, mais ensuite il y a eu l'accident.

— Quel accident ?

— Vous n'êtes pas au courant ? – Jairo a bu une autre gorgée –. Nous avons fait un tonneau sur la route de Nopales.

Aurelio a rempli son verre, mais il a été incapable de le porter à ses lèvres. Les phares allumés ont brillé dans sa mémoire. C'était donc elles qui avaient fait une embardée cette nuit-là, et il n'avait rien fait pour les aider…

— Vous m'écoutez ?

— Oui, oui, Jairo, donc vous avez fait un tonneau…

— Depuis ce jour-là je n'ai pas eu de nouvelles de Visitación ni d'Angustias.

— Tu es retourné à Mezquite ?

— Je n'ai pas envie de me faire descendre. Ils sont tous devenus fous dans ce village.

Aurelio voulait assurer ses arrières ; il devait donc remplir les poches de cette vermine.

— Écoute-moi, Jairo… – il s'est approché –, dis que je suis mort. Invente ce qui te passe par la tête : une ritournelle, une chansonnette, tout ce que tu voudras, mais charge-toi de chanter que je suis une âme en peine.

— Et pourquoi je ferais ça ?

— Ça, ce n'est pas ton affaire. Chante que tu m'as vu en train de boire tout seul dans un bar et que je fais des apparitions dans deux endroits à la fois. Toutes ces conneries auxquelles les gens croient.

Il a glissé le billet dans le soufflet de l'accordéon puis il est sorti par l'arrière du bar. Dans le sable, couverts de sang et presque aveugles, les coqs continuaient à se donner des coups de bec.

Le ventre de Consuelo prospérait à un rythme différent de celui de son corps. La taille du bébé augmentait à mesure qu'elle rapetissait. Plus qu'à celui d'une femme enceinte, son ventre ressemblait à une ampoule gonflée. Pour la faire enrager, Visitación s'est mise à l'appeler « la petite Vierge Marie ».

— Ce bébé, c'est le fruit du Saint-Esprit… Pas vrai, ma chérie ?

Malgré ces provocations, elle n'a pas réussi à savoir d'où venait cette petite, ni quel lascar pourrait venir la réclamer le moment venu.

— Tu vas bientôt accoucher et tu ne lui as même pas choisi de prénom.

— Elle en aura un quand elle sera née, répondait Consuelo en faisant l'idiote. Peut-être bien que je vais l'appeler Pentecôte, histoire de vous faire plaisir, puisque vous aimez tant la Bible.

L'accident ne nous avait pas brisé les os, mais il avait endommagé le squelette de la famille que nous avions un jour constituée.

— C'est toi qui l'as ramenée ici, alors c'est toi qui nous

en débarrasses ! grondait Visitación en me pointant du doigt.

— Qu'est-ce que vous cherchez à obtenir avec toutes ces disputes ?

— Qu'elle s'en aille.

— Si elle était arrivée enveloppée dans un linceul, alors vous l'auriez accueillie, pas vrai ?

— Ouvre les yeux, Angustias. Ce qu'elle veut, c'est accoucher ici et vendre le bébé ensuite... Ou que sais-je encore !

Les femmes qui fuyaient l'épidémie étaient violées sur les embarcations illégales ou sur les routes des passages clandestins. C'était une sorte de péage entre le monde auquel elles voulaient échapper et celui dans lequel elles arrivaient. L'avortement n'était pas légal. Celles qui choisissaient cette option terminaient vidées de leur sang dans les cliniques clandestines. Celles qui accouchaient abandonnaient leur bébé aux urgences, et les plus fortunées étaient séquestrées et leur bébé vendu à des réseaux de trafiquants.

Le commerce des enfants était avantageux. Les élever ne coûtait pas cher et ils apprenaient vite n'importe quel métier. Pour commettre des délits, c'était une main-d'œuvre bon marché et qui savait être cruelle à souhait. Les passeurs et les irréguliers avaient créé leur propre marché noir grâce à eux : ils étaient plus rentables que les migrants. Personne ne pouvait retirer de la tête de Visitación que Consuelo avait passé un accord avec ces individus et que nous lui servions de couverture.

— Et toi, tu ne dis rien ?

J'ai croisé les bras et je me suis tue, pour le bien de nous trois.

— Tu as jusqu'à demain pour lui dire de partir. Si tu ne le fais pas, je le ferai à ta place.

Elle a pris la pelle et s'est levée sans dire un mot de plus.

La tombe des jumeaux n'avait jamais été aussi propre que ce matin-là. Consuelo a retiré la crasse, elle a nettoyé leurs prénoms avec un chiffon humide et a astiqué leurs dates de naissance et de décès au point de les faire briller.

— Qu'est-ce que tu fais ?

— Du ménage.

Sans même se retourner pour me regarder, elle a rincé le chiffon dans la bassine, l'a essoré et a continué à nettoyer le ciment.

— Toi aussi tu veux que je m'en aille ? – L'eau formait des sillons dans le sable.

— Pourquoi tu dis ça ?

Je me suis assise à côté d'elle. Elle a tourné la tête et m'a regardée avec ses grands yeux noirs.

— Je vous ai entendues parler, avec Visitación...

— Alors tu dois savoir que je n'ai pas dit un mot sur ce que tu m'as raconté.

— Je n'ai pas l'intention de vendre la petite, comme le prétend Visitación. Je n'ai aucune idée de ce que je vais faire quand elle naîtra, mais je ne compte pas la laisser dans une poubelle.

— Tu dois partir. Tu ne peux pas mettre au monde un bébé dans ce cimetière, ni rester ici pour l'élever. Je vais t'aider. Il ne reste plus beaucoup de temps. Tu vas accoucher aujourd'hui ou demain.

Elle a acquiescé.

— Dès que j'ai fini de nettoyer, je prépare mes affaires.

— Dépêche-toi, ai-je insisté. On part dans une heure.

J'ai déambulé au milieu des niches de Las Tolvaneras. Il y en avait beaucoup plus qu'à mon arrivée. Je connaissais chacun des prénoms et chacune des dates gravés sur ces tombes ; tout comme je connaissais chacune des histoires et des circonstances dans lesquelles étaient arrivés les défunts. Mais je ne ressentais pour les morts du Tiers Pays rien de ce que Visitación évoquait. Je ne voulais pour eux ni justice ni charité.

La vérité était simple et il n'y avait rien à faire : tous ces hommes et ces femmes étaient morts, et ils n'allaient pas revenir. C'était sans appel, et ni Visitación ni personne ne pouvait rien y changer. Ils ne lui appartenaient pas. Ils n'appartenaient pas non plus à ceux qui les maudissaient ou les regrettaient. Et mes enfants non plus nc m'appartenaient pas complètement, bien qu'ils aient été la raison pour laquelle j'étais restée ici.

La vie n'était pas comme Visitación le prétendait : elle était fugace, une chose qui s'éteint et disparaît sans crier gare. Alors, ses grands discours, je n'y croyais pas. Moi je voulais juste rester près du souvenir de ces bébés que j'avais aimés et qui n'avaient pas vécu assez longtemps pour que je puisse le leur dire. Tant que j'arriverais à rester debout face à leurs tombes, ils continueraient d'exister dans ma tête. Et ça me suffisait. Le reste, je m'en moquais. C'était du moins ce que je croyais, jusqu'au jour où j'ai rencontré Consuelo.

J'ai dit à Visitación que je serais de retour dans une heure ou deux et j'ai attendu Consuelo à côté des dividivis. Elle a grimpé dans le pick-up sans demander où nous allions, résignée à suivre un plan que je ne lui avais pas encore exposé et auquel elle n'opposait aucune résistance.

À cette heure-là de la matinée, la route en direction de Cucaña était dégagée et même les marchands de ferraille ne traînaient pas encore dans le secteur. J'ai changé de vitesse et j'ai regardé dans les rétroviseurs. Personne ne nous suivait.

— Tu te sens bien ?

Consuelo serrait son sac à dos contre elle et regardait à travers la vitre, le regard perdu dans les piquets des clôtures qui défilaient.

— J'ai trouvé un endroit où tu vas pouvoir rester jusqu'à ce que commencent les douleurs de l'accouchement. C'est un foyer pour femmes enceintes.

— Celui des militaires ?

— Exactement.

— Tu veux qu'on m'expulse ? Ou pire encore, qu'on m'envoie au foyer pour mineurs ?

— Si tu n'y vas pas ou si tu t'enfuies, on nous expulsera toutes les deux. Je t'ai inscrite en disant que tu étais ma fille. – Consuelo a sorti une bouteille d'eau et en a bu un peu –. Je vais t'y emmener. Je ne vais pas pouvoir rester avec toi parce que je dois ramener le pick-up. Je ne peux pas laisser Visitación toute seule au cimetière.

— Tu vas me laisser plantée là. C'est ça ?

— Je reviendrai ce soir ! Tu dois me promettre que tu ne vas pas t'en aller.

— Et comment tu comptes revenir sans le pick-up ?

— Quelqu'un me prêtera une voiture. Ce qui compte, c'est que tu sois à Cucaña aussi vite que possible, et que tu n'en bouges pas.

Elle m'a écoutée sans rien ajouter et m'a montré le tableau de bord.

— Cucaña est encore loin. Il reste un demi-réservoir d'essence et les bidons sont vides. Tu ne vas pas les remplir ?

J'ai allumé le clignotant et j'ai tourné vers la seule station-service du coin.

Aurelio a été réveillé par quelqu'un qui frappait à la vitre. Il s'est redressé, sur ses gardes, le revolver à la main. C'était un gamin qui lui proposait de laver les carreaux, rien de plus. Il a regardé l'heure : dix heures et quart du matin. Une file d'hommes et de femmes attendait pour remplir les bidons d'essence. Il y avait encore trois camions devant lui. Ça lui a semblé une éternité.

Il a appuyé la tête contre la vitre et a essayé de dormir, mais pas moyen. Il a fait passer le temps en regardant ceux qui tentaient d'avoir du diesel. Ils avaient jusqu'à deux ou trois récipients dans les mains. Depuis que les irréguliers réquisitionnaient les camions pour extorquer les patrons des stations-service, le prix de l'essence s'était envolé et la revendre au marché noir était devenu une façon comme une autre de gagner sa vie.

Certains avaient dormi dans la station-service pour ne pas perdre leur place dans la queue. Ceux qui venaient d'arriver allaient passer toute la matinée sous ce soleil de plomb qui embrasait le goudron. Rien ne leur garantissait qu'ils allaient repartir avec quelque chose ; pas même qu'il y aurait encore assez de carburant quand arriverait leur tour, mais ils restaient là, plantés comme des piquets.

Les stations-service n'avaient pas plus d'un employé. Plus il servait les camions et les utilitaires, plus s'allongeait la file que formaient les hommes, les femmes et les enfants disposés à revendre ce qu'ils parviendraient à obtenir. Quarante litres donnaient de quoi vivre pendant une semaine. Tous sentaient l'essence, et une allumette aurait suffi à les envoyer dans les airs, mais ils ne bougeaient pas d'un poil.

Un pick-up gris a tourné autour des pompes à essence. Aurelio a regardé dans son rétroviseur ; c'était Angustias Romero. Il a caché son arme sous sa chemise et a enfoncé sa caquette sur ses yeux. Il avait la bouche pâteuse, et avant de descendre de la voiture il s'est frotté les gencives avec un peu de dentifrice. Il est sorti et il s'est penché avec précaution pour frapper à la vitre du conducteur. Les restes de l'homme qu'il était devenu se sont figés d'un coup quand Angustias l'a regardé des pieds à la tête.

— Il faut qu'on parle.

— Comme vous voudrez, a-t-elle répondu, les mains sur le volant.

— Pas ici. Je vous attends à l'arrière, à côté de la station de gonflage.

Ils se sont retrouvés deux heures plus tard sur le parking. Ils ont parlé sans quitter leur véhicule. Visitación allait bien et il ne s'était pas passé grand-chose au cimetière, a-t-elle dit pour se débarrasser de lui. Las Tolvaneras n'avaient toujours pas de propriétaire, lui a fait savoir Aurelio. Angustias était pressée.

— Je ne peux pas parler maintenant. Je vais à Cucaña.

— À ce rythme, vous n'allez pas pouvoir acheter d'essence.

— J'en ai suffisamment, a-t-elle répliqué sèchement.

— Et pourquoi êtes-vous si pressée ?

— Consuelo est sur le point d'accoucher, je dois l'emmener le plus vite possible. Je serai de retour dans une heure ou deux, pour aller chercher ses affaires. Vous voyez ce que je veux dire : des trucs de femmes…

Aurelio a regardé la fille enceinte, muette sur le siège passager. Elle ne lui a pas semblé aussi méchante que la dernière fois, quand elle hurlait, une pelle à la main, pour défendre Visitación et Angustias devant la mairie.

Les femmes qui l'avaient ruiné étaient encore en vie, et lui aussi. Le moment était venu de faire la paix.

— Je vous ramènerai, Angustias. Quand vous rentrerez de Cucaña, arrêtez-vous là. Je vous attendrai.

Elle a acquiescé, a mis le contact et a démarré. Aurelio l'a vue s'éloigner à toute vitesse en direction de la frontière.

Consuelo a perdu les eaux au moment où elles ont quitté la station-service. Allongée sur le siège, elle prenait de l'air par le nez et l'expulsait par la bouche, comme si elle essayait de chasser la douleur par à-coups. Plus ses expirations étaient rapprochées, plus j'enfonçais le pied sur l'accélérateur. La distance qui nous séparait de la frontière se mesurait en contractions, pas en kilomètres.

La maternité de Cucaña était un bâtiment en béton de quatre étages, un endroit gris et sans âme. Les murs étaient couverts de carreaux ébréchés et dans le couloir s'entassaient des brancards rouillés à côté des poubelles. Les médecins légistes avaient tenu parole et ils avaient réservé une place dans la salle d'accouchement, comme convenu. L'infirmier avec lequel j'avais conclu un accord a griffonné le prénom de Consuelo et sa date de naissance, puis il nous a fait passer par l'arrière.

Quand le moment serait venu, elle pourrait accoucher à l'hôpital. En attendant, ils allaient la laisser sous la tente dressée par l'armée pour les déplacées de la sierra orientale, avec celles qui avaient déjà réservé leur tour et attendaient, entassées. L'endroit était bondé, les lits étaient à touche-touche. Les gémissements des femmes s'unissaient, comme si elles récitaient une neuvaine en hurlant.

J'ai allongé Consuelo dans le lit en la prenant par la taille. La robe qui moulait son corps gonflé est remontée, laissant voir ses cuisses enflées. Elle a bu une gorgée d'eau puis a remis la bouteille dans son sac à dos.

— Je reviens dans trois heures. Ne fais pas de bêtises.

Elle m'a dit au revoir en agitant la main, enfoncée par le poids de son propre corps sur un matelas sans draps.

Sur la porte, une liste écrite à la main énumérait tout ce qu'il fallait apporter : serviettes, savon, compresses, sacs-poubelle. Dehors, affalées sur les sièges de la salle d'attente et entourées de nuées de mouches, deux femmes dormaient sous des couvertures poussiéreuses. Une troisième, avec du rouge à lèvres rose, criait de douleur et tenait son ventre de ses mains aux ongles sales. Elle demandait de l'aide, jusqu'au moment où elle s'est évanouie.

La plupart de ces femmes arrivaient seules, d'autres étaient accompagnées par leurs mères, qui égrenaient la demi-douzaine d'hôpitaux où elles n'avaient pas pu être admises. Leurs filles ne pouvaient pas accoucher dans la rue, répétaient-elles à tue-tête. Les infirmiers, vêtus de blouses tachées de sang, leur demandaient d'avoir de la patience, une dose de patience dont elles ne disposaient plus. Plus que dans une maternité, on se serait cru dans un mouroir.

Aurelio avait attendu à l'endroit convenu et il m'a escortée jusqu'à Las Tolvaneras. Je ne comprenais pas pourquoi il tenait tant à me parler, ni pourquoi diable il me proposait de l'aide. Je n'ai pas posé de questions. Il avait plus à perdre que nous, et je n'avais personne d'autre sous la main pour retourner à la frontière.

Je suis sortie de la station-service la première. Il m'a rejointe quelques minutes plus tard. Nous n'avons croisé personne sur la route du cimetière. Il faisait encore jour, il n'y avait pas le moindre camion ni le moindre bus, on ne voyait que des charrettes tirées par des bœufs ou des chevaux qui transportaient des ordures.

Aurelio a garé sa Range Rover devant le portail du Tiers Pays et il a attendu, le moteur allumé. Je me suis garée devant le dividivi, où j'ai posé les bidons d'essence avant de les cacher sous une bâche. J'ai fermé ma portière à clef et je me suis dirigée vers la remise. Visitación fumait, assise sur le rebord, les bras sur ses genoux.

— Qui c'est, celui-là ? – Elle a pointé les lèvres vers la voiture.

— Aurelio Ortiz.

Visitación m'a toisée et a tiré sur son cigarillo. Un cercle rouge incandescent s'est formé et des cendres sont tombées par terre.

— Je serai de retour dans deux jours, quand Consuelo aura accouché.

— Je m'en doutais… – Elle s'est mise à pester –. Angustias Romero et ses entourloupes. C'est incroyable comme tu as le don de chercher les ennuis !

— Il y a de l'essence dans le pick-up, au cas où vous en auriez besoin. Et il y en a aussi dans les bidons.

Elle a lâché un de ses ricanements tout en ajustant son foulard bariolé. J'ai fait quelques pas pour lui dire au revoir.

— Recule : tu pues l'essence et je suis en train de fumer ! m'a-t-elle repoussée à grands cris.

J'ai laissé les clefs sur le capot et je suis allée retrouver Aurelio. En partant tout de suite, on arriverait à Cucaña avant minuit.

— Angustias !

Je me suis retournée.

Visitación me regardait, le cigare encore allumé.

— Que Dieu soit avec toi !

— Bof, il a toujours quelqu'un d'autre à accompagner, vous savez bien.

Angustias Romero s'est écroulée sur le siège, morte de fatigue. Elle dormait, les mains sur le ventre et la tête renversée en arrière. Elle avait conduit durant tout le trajet qui reliait Mezquite à Cucaña. Aller et retour. Elle avait la peau brûlée par le soleil, elle flottait dans ses bottes en plastique et tous ses vêtements sentaient l'essence.

Quand Aurelio Ortiz l'avait rencontrée, elle était pleine d'une vie qu'on venait de lui arracher. Chez cette femme de sable et de terre, quelque chose s'était engourdi et avait fini par cicatriser.

Ils sont tombés dans un nid-de-poule de la taille d'un cratère et le choc l'a réveillée.

— Où sommes-nous ? – Elle s'est frotté les yeux, encore à moitié endormie.

— Il reste une heure de route, rendormez-vous.

Angustias a tourné le bouton de la radio, mais elle n'a pas réussi à la faire marcher. Dehors, la sierra avait changé d'aspect avec le coucher du soleil. La pénombre avait limé les sommets bruns des arêtes montagneuses et leurs éboulis.

— Arrêtons-nous, a-t-elle ordonné, j'ai besoin de… vous voyez ce que je veux dire.

Aurelio urinait d'un côté de la Range Rover et elle de l'autre. Les tapis de la voiture étaient jonchés de miettes et de papiers de bonbons. À côté de la boîte de vitesses, Angustias a trouvé un emballage vide de brosse à dents et une boîte de comprimés contre l'acidité gastrique se promenait sur le tableau de bord.

— Tout le monde répète que vous êtes une âme en peine…

— Ça, c'est grâce à Jairo. Il m'a rendu ce petit service.

— Jairo, les services, il ne connaît pas.

— Vous n'avez pas tort… Disons que c'est une mission. C'est plus exact. – Aurelio a passé les vitesses et a accéléré –. Vous êtes un peu fâchés tous les deux, pas vrai ?

Angustias a soupiré et s'est mise à regarder les collines.

— Pourquoi vous êtes revenu ?

— Pour régler des affaires.

— Vous voulez récupérer la mairie ? Vous avez besoin d'argent ?

— Ni l'un ni l'autre. Je suis revenu pour Las Tolvaneras.

— Vous allez encore essayer de nous déloger ?

Il a secoué la tête.

— Mon père est mort convaincu que j'étais un lâche. Je n'ai pas été correct avec Visitación et vous. Ma première erreur, Angustias, a été de fermer le cimetière. La seconde, de le rouvrir.

Il a regardé dans les trois rétroviseurs. Il le faisait à tout bout de champ.

— Avant, Visitación avait deux ennemis : Abundio et les

irréguliers. Quand le vieux est mort, les autres sont devenus plus dangereux encore.

Angustias a pris l'emballage vide de la brosse à dents et l'a jeté par la fenêtre.

— Si vous n'avez pas l'intention de fermer Las Tolvaneras, alors pourquoi êtes-vous revenu ?

— Il aurait été facile d'arriver à un accord avec Mójica, mais il fait tout ce que les passeurs et les irréguliers lui demandent.

— Comme quand vous étiez maire. Je ne vois pas une grande différence.

Aurelio a encaissé le coup.

— Avant il y avait un chef de chaque côté : Abundio et le Mono. Maintenant c'est plus pareil. Et comment on peut savoir ce qu'ils veulent si on ne sait pas qui les dirige ?

— Qu'est-ce que ça peut vous faire ? Pourquoi vous ne retournez pas avec votre femme et vos enfants ? Si vous ne nous avez pas aidées quand vous deviez le faire, pourquoi maintenant ?

— Pour une fois que j'essaie de régler les problèmes, reconnaissez au moins mes bonnes intentions.

— Plus que des bonnes intentions, c'est du remords coupable. – Aurelio a voulu l'interrompre, mais elle ne l'a pas laissé parler –. Pourquoi vous me racontez tout ça à moi et pas à Visitación ? Pourquoi vous me donnez ce coup de main ? Vous attendez quoi en échange ?

Ce que cherchait Aurelio, il ne pouvait pas le troquer. Ses insomnies n'avaient pas le même prix que deux bidons d'essence ou quatre pelles rouillées. Ce qu'il souhaitait ne pouvait pas être quantifié : que ses enfants le regardent avec respect, que sa femme ne le dévisage pas comme si c'était un voyou, que les fantômes cessent de se multiplier dans les rétroviseurs. Il voulait devenir un homme convenable, rien de plus.

Alors qu'il aurait pu le faire, il ne l'avait pas aidée à enterrer ses enfants. Il avait débarqué avec une horde de chiens pour l'intimider. Il n'avait rien fait non plus pour aider les deux femmes quand elles avaient fait un tonneau en pleine nuit. Maintenant qu'il pouvait alléger les souffrances de quelqu'un, il n'allait pas rester les bras croisés.

— On dit beaucoup de choses sur votre mari...

Elle a tourné la tête.

— Laissez-moi terminer.

— Qu'est-ce que vous en savez, de tout ça ?

— On raconte que votre mari est passé du côté des guérilleros. Vous l'avez revu ? – Angustias n'a pas répondu –. Il est parti sans rien dire ?

— Il ne parle jamais beaucoup.

— Vous vous êtes bagarrés ?

— On ne peut pas se battre avec un homme malade. On peut juste le supporter. Et c'est ce que j'ai fait avant d'arriver ici : porter un poids mort. Enfin trois, en réalité ! À ceci près que mes enfants, eux, ne pouvaient pas se défendre tout seuls.

— Vous savez s'il est retourné au cimetière ? À Sangre de Cristo, certains disent qu'ils l'ont vu errer sans travail et sans rien à manger. Qu'il dormait dans la rue et qu'il sculptait des figurines avec un canif.

— Salveiro n'est même pas capable de couper une orange, a menti Angustias.

— On raconte aussi que votre mari est devenu fou

pendant un de ces combats de coqs organisés par Abundio, et qu'il a égorgé trois hommes.

— Ça, c'est impossible, a-t-elle répété trois fois. Salveiro n'a pas une once de volonté, c'est un faible. Vous le croyez capable d'égorger quelqu'un ?

— Alors qu'il menaçait les ivrognes sur son chemin avec un couteau, il aurait dit être « Simplet ». Et c'est comme ça que les irréguliers appellent un des leurs : un homme qui a des allures de benêt mais qui égorge sans dire un mot... Le jour où elle a enterré vos enfants, Visitación lui a donné ce surnom devant tout le monde, pas vrai ?

Angustias était pâle et ses traits s'étaient figés. Elle remuait les lèvres sans prononcer le moindre mot.

— Je ne sais pas si votre mari s'est vraiment rendu au cimetière. Mais si c'est vrai, il pourrait bien avoir des comptes à régler ou alors les irréguliers l'ont envoyé là-bas. La seule chose dont je suis sûr c'est qu'à Las Tolvaneras sont enterrés les enfants que vous avez eus avec lui. Et ce n'est pas rien.

— Si je vous demandais maintenant où sont votre femme et vos deux garçons, vous me répondriez ? – Cette fois, c'était Aurelio qui restait coi –. Non. Pas vrai ? Et imaginez que je me sois pointée à l'enterrement de vos enfants avec trois molosses ; vous me feriez confiance ? Ben vous voyez. Emmenez-moi à Cucaña et nous resterons bons amis.

Angustias Romero a approché le nez des manches de sa chemise pour vérifier d'où venait cette odeur. Ça puait l'essence. Une simple étincelle et tout pourrait exploser.

Il était trois heures du matin à l'horloge de l'hôpital de Cucaña. Ils ont attendu comme le font ceux qui n'ont rien et n'attendent rien.

— Vous m'avez dit ce que vous aviez à me dire. Vous pouvez repartir, tout est clair entre nous.

Aurelio n'a pas eu la force de répondre, il était épuisé. Une fatigue vieille de plusieurs années s'abattait sur son corps. S'il est resté, c'était parce qu'il ne pouvait pas partir, parce qu'il était très tôt, parce qu'il risquait de se faire descendre à tout moment ou parce qu'il ne voulait pas la laisser seule. Elle n'avait pas besoin de lui, et il le savait, mais ça lui était égal.

Il a vainement essayé de trouver le sommeil. Alors pour passer le temps il s'est mis à observer Angustias Romero qui allait et venait dans le couloir, le regard rivé à ses bottes. Elle était absorbée par cette seule et unique activité : tourner en rond. « Ils m'ont dit d'attendre encore un peu. Pourquoi ils ne m'appellent pas ? » l'entendait-il marmonner.

Il était cinq heures du matin et personne ne venait. Angustias est partie aux nouvelles. Cloué à son siège en plastique, Aurelio s'est senti inutile. Les gémissements et les cris des parturientes lui faisaient plus penser à un hôpital de guerre qu'à une clinique. Il s'est demandé s'il manquait à ses enfants, si l'aîné continuait de pêcher des *guacucos* sur le bord de la plage ou si les *guajiras* traversaient encore la route avec leurs paniers multicolores pour les vendre. Il a pensé à sa maison de Mezquite, réduite en miettes par les irréguliers. Tout ce qu'il avait possédé avait été anéanti.

Qu'est-ce que fait un père dans une maternité ? Il peut crier, lui aussi ? Il n'a pas su quoi répondre. Il ne se rappelait même pas combien de temps avait mis sa femme pour accoucher de ses enfants. Ni pour l'aîné, ni pour le plus petit. Il avait été là les deux fois, mais il était incapable de dire si elle avait crié ou pas ; ni si elle avait éprouvé de la peur ou de la douleur. Salvación ne lui en avait jamais parlé et ça ne l'avait jamais vraiment intéressé.

La dernière fois qu'il l'avait vue, elle ne lui avait même pas demandé quand il reviendrait.

Salveiro n'était pas arrivé à temps. L'accouchement était prévu dans plusieurs semaines et aucun de nous ne pensait qu'il pourrait avoir lieu plus tôt. J'étais en train de faire un shampooing quand j'ai senti des grignotements dans mon ventre, comme si les enfants poussaient pour quitter mon corps. Après avoir fini de coiffer la cliente, j'ai fermé la boutique et je suis montée dans un taxi.

Je ne sais pas comment je me suis retrouvée dans la salle d'opération, je me souviens seulement que les infirmières m'ont rasé le sexe avec un rasoir jetable. Au lieu de me raser, elles semblaient vouloir m'arracher la peau ou me tondre comme un mouton. Allongée sur le brancard, j'ai vu les ampoules rivées au plafond, des tubes de néon couverts de poussière. J'ignorais qui allait s'occuper de moi. Je n'avais aucune idée de l'heure. J'avais soif et je sentais une douleur intense, comme si quelqu'un m'écrasait des clous entre le pubis et le dos. Le médecin m'appelait par mon prénom, mais je ne connaissais pas le sien et je ne pouvais pas non plus voir son visage, seulement ses yeux qui dépassaient du masque chirurgical.

Mon corps ne m'obéissait pas. Parfois il bougeait tout

seul, parfois une infirmière me donnait des indications quand il fallait pousser. J'ai eu l'impression que ça faisait des années que j'accouchais. Des machines émettaient des sons aigus à intervalles réguliers.

— Faites venir l'anesthésiste, a dit le médecin.

L'infirmière est revenue avec un homme qui lui a intimé l'ordre de me tenir le bras avec une perfusion dans laquelle il a vidé le contenu d'une seringue. Les appareils continuaient de sonner, de plus en plus vite.

— Dites au cardiologue de descendre.

— Que se passe-t-il ? ai-je demandé à l'infirmière. Vous avez prévenu mon mari ?

— Il est dehors, a-t-elle menti.

— C'est bientôt fini, Angustias. Respirez.

Le médecin a enfoncé le bistouri, mais je n'ai rien senti. Le temps a passé, je n'ai jamais su si c'était une minute, une heure, deux. Higinio est sorti en premier ; il ne pleurait pas. Le docteur l'a vite emmené dans une couveuse et a appuyé sur sa poitrine à plusieurs reprises. Avec Salustio, ça n'a pas été nécessaire. Lui, au moins, son cœur battait.

Debout face à l'horloge qui indiquait six heures pile du matin, j'ai pensé à mes enfants. Je ne pouvais pas me les enlever de la tête. Ça m'a semblé être un mauvais présage, mais ce n'étaient que mes souvenirs. L'accouchement de Consuelo les a fait ressurgir dans mon esprit comme si je ne les avais jamais enterrés. J'ai passé plus de temps sans eux qu'à les tenir dans mes bras. Tant de souffrances pour si peu de temps à vivre. À croire que je les avais fait venir au monde juste pour le plaisir de les regarder.

J'ai rebroussé chemin dans les couloirs aux carreaux blancs. Aurelio dormait assis sur sa chaise. Il portait une casquette ridicule qui éveillait les soupçons plus qu'elle ne le camouflait. J'ai éprouvé de la compassion. Je n'avais pas le droit de le juger.

J'ai entendu des cris au bout du couloir. On aurait dit qu'ils étaient des centaines, les échos de l'effort qu'une seule femme renouvelait pour toutes celles qui l'avaient précédée. J'ai pensé à ma mère et je me suis demandé comment crie une femme muette quand elle met au monde un enfant.

Des gouttes tombaient du plafond dans des bouteilles en plastique qui faisaient office de seaux. En atterrissant, elles émettaient un bruit insistant, elles marquaient le rythme d'un temps détraqué. Consuelo balbutiait et elle remuait les bras. Je me suis approchée d'elle et lui ai parlé à voix basse, comme les médecins m'avaient dit de le faire. Elle était sous sédatifs, mais elle pouvait m'entendre. Ils la maintiendraient dans cet état avant de connaître les séquelles.

La petite était née en bonne santé, mais il n'était pas certain que sa mère puisse vivre. L'accouchement a été long et difficile, m'ont-ils seulement dit.

Assise à côté de son lit, je lui ai fait savoir que j'avais vu la petite dans la salle des nouveau-nés, qu'ils l'avaient emmitouflée dans une couverture avec des imprimés de petits poissons et qu'elle était la plus belle de toutes.

— Il faut que tu te réveilles pour que tu puisses la voir. On devrait l'appeler Milagros, tu ne crois pas ?

Il était absurde d'espérer une réponse de sa part. Elle était prise dans une membrane poisseuse d'épuisement et de calmants. Elle a essayé d'arracher les tubes qui la reliaient aux machines. Je lui ai pris les mains et je les ai caressées pour l'apaiser. Elle avait le teint blafard et ses cheveux étaient en désordre. À peine vêtu d'une blouse en papier, son corps nu ressemblait à celui d'une femme vieille avant l'âge. J'ai passé la main sur son front à plusieurs reprises. Comme je l'avais fait autrefois avec mes enfants, je lui ai chanté :

Colombe blanche, belle
petite houppe bleue,
prends-moi sur tes ailes
pour aller voir Dieu.

Consuelo, si frêle, si minuscule… même si elle n'aurait pas tenu dans une boîte à chaussures. Sa mère était partie sans crier gare et elle, on l'avait faite mère de force.

L'infirmier est entré pour me dire que je devais quitter la pièce. J'ai embrassé son front brûlant et je suis sortie dans le couloir en pensant au petit sifflet en forme d'oiseau. J'aurais aimé souffler dedans pour elle.

Angustias s'est assise à côté d'Aurelio. Elle tenait l'acte de décès dans une main, dans l'autre un sac en plastique avec un sac à dos et une robe en coton. Elle a plié le document, l'a glissé dans la poche arrière de son pantalon et elle a ouvert le sac. Elle y a trouvé une bouteille d'eau, un mouchoir en papier et un porte-monnaie vide.

— Vous me raccompagnez à Las Tolvaneras ?

Aurelio a acquiescé et s'est levé.

— Je reviendrai chercher Consuelo demain. Je ne peux pas le faire maintenant.

Il était presque midi quand ils sont sortis de la maternité ; elle avec un bébé dans les bras, et lui avec sa casquette en tissu et ses lunettes noires.

À côté de la Range Rover, adossé à la portière du coffre, Jairo les attendait. Il portait son accordéon et arborait un sourire de canaille qui s'est tout de suite effacé quand il les a vus avec un bébé.

Ils se sont regardés tous les trois.

— Il m'a semblé que c'était votre Range Rover et j'ai décidé de vous attendre.

— Qu'est-ce que tu veux ?

— Du fric. Ça coûte cher d'entretenir un fantôme. – Il a regardé Angustias –. Il est à vous ce petit garçon ?

— C'est une petite fille, la fille de Consuelo.

— Et pourquoi elle ne la tient pas dans ses bras ?

— Parce qu'elle est morte.

Aurelio Ortiz l'a pris par le bras et l'a pris à part.

— Tu veux du fric ? Eh ben le voilà ton maudit pognon ! – Il a fouillé dans ses poches et lui a jeté les billets à la figure –. Maintenant dégage.

Jairo les a ramassés et les a comptés.

— Et n'oublie pas : je suis un mort-vivant… et Angustias Romero aussi.

— Moi, je ne vous ai pas vu, et elle non plus.

Il a disparu comme un rat dans le marché, parmi les siens.

À Cucaña rien n'avait changé : les vendeurs rustres et grossiers, les coiffeurs qui achetaient les cheveux au poids, les femmes qui montaient à l'arrière des camions et couraient ensuite dans les latrines, les migrants que l'épidémie avait poussés de ce côté de la frontière : des morts-vivants eux aussi.

Le soleil cuisait l'asphalte au point que s'en élève un de ces mirages que produit la chaleur ; le même que celui qui fait voler les poissons au bord des rivières ou tomber les serpents des arbres à Las Tolvaneras. Assise à côté de lui, Angustias berçait la petite fille.

Il l'a regardée du coin de l'œil, mais elle ne s'en est pas rendu compte. Elle était tout occupée à nourrir le bébé avec le lait qu'on lui avait donné à l'hôpital. Le biberon contrastait avec les bottes de chantier et les mains calleuses. Dehors, dans le monde qui existait au-delà de la vitre, défilaient des arbres secs qui finiraient transformés en charbon, mais à elles deux elles dégageaient une paix qu'il n'était pas tout à fait à même de percevoir.

Angustias Romero s'est tournée vers lui.

— Vous avez vu, Aurelio ? Elle a déjà des cheveux !

Pour la première fois, il l'a vue sourire.

Une colonne de fumée noire s'élevait dans le ciel au-dessus de Las Tolvaneras. La remise était en flammes, ainsi que les dividivis, et une odeur de brûlé et d'essence imprégnait l'atmosphère. J'ai remonté les vitres.

— Reculez de quelques mètres, Aurelio. Je ne veux pas que la petite respire cette merde.

— Restez là avec elle. Je me charge de tout.

— Vous n'êtes plus maire et ici c'est moi qui décide.

Il a sorti un neuf millimètres de la boîte à gants, l'a rechargé et me l'a tendu.

— Il suffit de presser la détente. Vous avez neuf balles.

— Si je ne suis pas ressortie à la nuit tombée, allez-vous-en. Ne venez surtout pas me chercher. Et emmenez-la loin d'ici.

Il a acquiescé et a pris le bébé dans ses bras. J'ai caché l'arme sous ma chemise et je suis partie en courant vers le cimetière.

Le Tiers Pays était rongé par les flammes, avivées par le vent. Le pick-up de Visitación n'était plus qu'un tas de ferraille qui fumait, et les deux bidons d'essence, une pâte noire et visqueuse. Il n'y avait plus de traces de pneus dans le sable, ni de sabots non plus. Seulement de la suie.

Le feu avait atteint la remise, mais l'annexe où nous dormions était encore debout.

Je suis entrée avec l'espoir de trouver Visitación allongée sur sa paillasse, mais elle n'était pas là. Après l'avoir longtemps cherchée, je l'ai aperçue à une centaine de mètres du hangar. Elle avait les yeux ouverts, comme figés. Elle portait encore son foulard bariolé et des guêpes se promenaient sur ses joues.

Le revolver à la ceinture, dans mon dos, j'ai couru vers la tombe de mes enfants. Face à la niche d'Higinio et de Salustio, Salveiro attendait assis dans le sable. Il lui manquait quelques dents et ses yeux aussi étaient comme morts.

— Angustias, c'est moi, Simplet.

Il tenait un couteau et son visage était couvert de suie. Il ne portait pas d'uniforme ni d'armes ; juste une vague imitation de tenue militaire crasseuse avec l'emblème de l'armée régulière.

— Elles te plaisent, mes figurines ? Elles sont jolies, pas vrai ? – Il m'a montré deux petits serpents taillés dans le bois.

— Oui, Salveiro, elles sont jolies.

Les flammes crépitaient avec un bruit de papier et de gifles. Salveiro s'est relevé et il m'a regardée, le couteau encore à la main.

— Qu'est-ce que tu as fait des boîtes ? m'a-t-il demandé.

— Je les ai rangées.

— Où ça ?

— Pas loin…

— Tu me les montres ? Je veux les voir. – Il a ramassé une pierre.

— Je vais te les montrer et avant ça tu dois répondre à ma question… Quand tu es arrivé, il y avait déjà le feu ?

Il a secoué la tête tout en aiguisant le couteau sur la pierre.

— C'est toi qui as mis le feu ?

— Je ne me souviens pas. Bon, tu vas me les montrer, ces boîtes ?

— Avant ça je veux savoir encore quelque chose. – J'ai pris ma respiration –. Visitación était… ?

— Vivante ? Oui.

J'ai mis la main dans mon dos et j'ai pris l'arme.

— Tu es arrivé ici tout seul ?

— Je connais le chemin. J'ai besoin de personne. Et les boîtes ? Je veux voir les boîtes ! – Il a lancé la pierre –. Montre-moi les enfants. Où tu les as cachés ? Ce sont les miens aussi !

— Ils sont morts. On les a enterrés ensemble, tu ne t'en souviens plus ?

J'ai sorti l'arme et j'ai appuyé sur la gâchette. Une, deux, trois, quatre, cinq fois. Un puits rouge a débordé et s'est mis à couler entre ses deux yeux.

Mes jambes tremblaient et la sueur troublait ma vue. Je suis allée dans le hangar, j'ai ramassé une branche en flammes et je l'ai approchée de ses vêtements. L'accoutrement de guérillero a pris feu immédiatement.

On allait enfin reposer en paix, tous les quatre.

Visitación Salazar semblait encore faite d'huile et de jais. Sa peau brillait sous un soleil de diesel qui anéantissait Las Tolvaneras. Elle avait plusieurs blessures à la poitrine, et la plus profonde saignait encore. Elle avait enterré mes enfants et m'avait appris à enterrer ceux des autres ; je devais faire la même chose avec elle.

Le hangar n'était plus qu'un squelette de charbon. Les outils, de la ferraille tordue. Impossible de creuser une fosse.

J'ai enlevé son foulard bariolé et j'ai frotté sa peau jusqu'à faire disparaître les croûtes de sang et de poussière. Tout comme elle me l'avait montré, j'ai réuni ses bras et ses jambes pour lui donner l'apparence d'une femme endormie.

Il restait une dernière cavité, cachée dans la ruche de niches destinées aux bébés. Je l'avais faite moi-même, tout près de celle de mes enfants, pour que quelqu'un m'y mette le moment venu. J'ai gratté la terre avec une pelle cassée et je l'ai ajoutée au ciment que nous avions déjà préparé. Il faisait très chaud et le vent attisait encore les braises. J'ai remué jusqu'à obtenir quelque chose de semblable à du mortier.

Je lui ai couvert la tête avec son foulard bariolé, pour tout linceul je l'ai enveloppée dans la seule couverture qui n'avait pas brûlé et je l'ai placée dans la niche. Avec une spatule et tout en sifflotant les chansons qu'elle aimait bien, j'ai passé de l'enduit sur la plaque. Et avec une petite branche de dividivi, j'ai écrit : VISITACIÓN SALAZAR (1959-2019).

Puis j'ai marché vers la route.

De l'autre côté, Aurelio Ortiz m'attendait dans la voiture, la petite dans les bras.

Composition : IGS-CP à L'Isle-d'Espagnac (16)
Achevé d'imprimer
par CPI Firmin-Didot
à Mesnil-sur-l'Estrée, en juin 2023
Dépôt légal : juin 2023
Numéro d'imprimeur : 175393

ISBN : 978-2-07-295863-2/Imprimé en France

399711